你是
我
最 熟 悉 的
陌 生 人

———

We're just

strangers

with memories

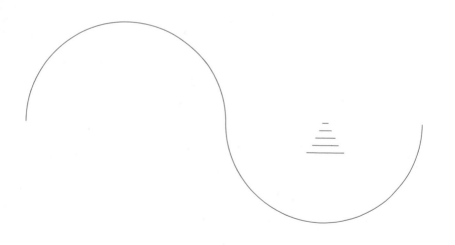

Middle

著

謹將這一個故事，
送給曾經在路上感到迷惘或失意的人。

We're just

strangers

with memories

目錄 · CONTENTS

01／似近 ＿＿ 6

02／還遠 ＿＿ 38

03／**離開** ____ 70

04／**回頭** ____ 104

05／**守候** ____ 140

最終章／**你是我最熟悉的陌生人** ____ 190

後記 ____ 252

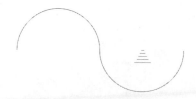

01
/
似近

We're just
strangers with
memories

喜歡一個人，你會好想看到她這個人，會好想聽到她的聲音。你會好想知道多一點關於她的事情，你會好想了解她的各種喜惡⋯⋯每天醒來第一個想到的，就是這一個人；每當有空閒的時間，你都會猜想，此刻的她不知道在做著什麼，是否跟你一樣在仰望著同一片天空；然後每晚入睡之前，你又會將她這個人、她的所有事情都再鉅細無遺、珍而重之地默想一遍，想過了，才捨得入睡⋯⋯

即使你們之間曾經發生過的事情，其實是有多微不足道。

/ 2 0 0 7

9

We're
just
strangers
with
memories

「你試過在茫茫人海中，去尋找一個不小心錯過的人嗎？」

「我沒試過，但我曾經認識過一個這樣的人。」

「那是誰呢？」

「她是我最喜歡的人，她的眼神和你很相似，總是彷彿在尋找一些失落的什麼。」

「那麼，後來她有找到那個錯過的人嗎？」

「我不知道。」

「那⋯⋯你們後來有在一起嗎？」

「唔⋯⋯我也不知道。」

「不知道？」

「曾經，我們每天都會在一起，曾經，我們彷彿是對方生命裡最親近、最熟悉的一個人⋯⋯但縱然如此，後來我們還是沒有成為一對，來到這天，也是已經變得無比陌生⋯⋯」

「會覺得遺憾嗎？」

我搖搖頭，讓自己微笑一下。

「那如果讓你重來一次，你會去喜歡這一個人嗎？」

一直以來，我偶爾都會反問自己這一個問題。

如果從來沒有認識林幸兒，如果這些年來，我沒有如此執迷地去喜歡過這一個人，然後在過程中，經歷過一些受傷、寂寞、灰心、迷惘、困倦、後悔，有時會看不清方向，有時努力到最後，會發現自己其實無能為力⋯⋯

如果我沒有經歷過這些，如果我從一開始沒有遇上林幸兒，

那麼我是不是就會展開另一段不一樣的人生？

我不知道。來到這天，我還是無法知道這一個答案。

然後我又想起，來到這天，自己還是無法離開她的影子；不知道這天她是否依然安好，不知道在這一刻，她是否也可以看得見如此無瑕的天空……

想到這裡，我不由得微微苦笑了。

· · ·

最初認識林幸兒，是因為程曉彤的關係。

還記得 2007 年夏天，暑假只剩下最後兩天，我在家裡悶得無聊，想找人上街但沒人有空，在網路上的討論區，也沒有什麼有趣的話題。正當我打算翻看已經讀了三遍的武俠小說來打發時間，手機卻響起了程曉彤的專屬鈴聲——〈可惜不是你〉。

程曉彤是一個古怪的女生。她總喜歡突然插手別人的生活。即使你跟她可能本來並不熟稔。就好像，我原本沒有為她的來電設定鈴聲，有一次大家在課堂無聊說笑時，她忽然拿起我的手機來把玩，也不知道她怎麼解開我的鎖屏密碼，也不管我的反對、逕自亂按一通；之後每次她打電話來，我都會聽見梁靜茹的聲音。據說她是梁靜茹的歌迷，但……這又與我有什麼關係啊？

「許明風，你在哪裡呢？」

按下接聽鍵後，程曉彤第一句就這樣問我。

「在家，請問有何貴幹？」

「很悶啊，不如出來玩吧？」

「我不想上街。」其實我也想外出，總好過在家裡重看武俠小說；只是我更不想浪費時間在她的身上，她真的很煩人。

怎知道接下來，程曉彤這樣對我說：「那麼，我去你家找你吧？」

我心裡嚇了一跳，連忙說：「不要不要！我出來就好，我出來就好！」

「⋯⋯你不是說你不想上街嗎？」

彷彿，我聽見程曉彤心裡的取笑聲。還記得上一次，她藉故來我家借參考書，然後在我的媽媽與妹妹面前，盡情地暢談我在學校裡的糗事，還笑聲不斷，我反而變成了許家的外人。自那次之後，我在心裡發下了毒誓，以後不會容許程曉彤再來我家，即使我媽經常都會有意無意地笑著探問，何時才可以再見到程曉彤。而最荒謬的是，我竟然也相信，程曉彤是真的有可能，隨時不請自來我家⋯⋯

這一次，又怎可以讓她如願？

「哥，曉彤姊要來了嗎？」

一直在旁偷聽我講電話的妹妹小雪，興奮地追問。

「來你的頭！」我掛上電話，拋下這一句，然後連忙穿上球鞋步出家門，免得夜長夢多。

· · ·

　　後來偶爾總是會回想，如果那天，我沒有答應程曉彤的邀約，我沒有接聽她的來電，之後的發展，是否又會變得不再一樣？

· · ·

　　程曉彤約我在銅鑼灣中央圖書館門外的噴水池等。我準時前往，卻不見她的身影。她又遲到了。

　　這本來不是一個嚴重的問題，但更重要的是，天氣實在太過炎熱，我在太陽底下站了不一會兒，已經滿身是汗。

　　打電話到程曉彤的手機，她竟然沒有接聽。我又再打了一遍，仍是如此。正當我想走進圖書館裡吹一下冷氣時，她卻打電話來了，問：「你到了嗎？」

　　聽她的語氣，像是很輕鬆愉快。我卻一肚子火，忍不住向她咆哮：「早就已經到了！你什麼時候才會來啊？」

　　「快了快了，你再等一下吧。對了，我的朋友應該也到了，你們先聊一下吧。」

　　「你的朋友？」

　　然後，有人拍了拍我的肩膀，我轉過身，看到一張不認識

We're
just
strangers
with
memories

如果可以再抉擇，或許會選擇一條不同的路，但如果從來沒有開始，人也是不能夠輕易心息。

的女生臉龐。

　　及肩的長髮，整齊的瀏海，圓圓的白皙的臉，一雙黑白分明的鳳眼，潤澤的櫻唇掀起時，兩頰浮起了深深的酒渦……

　　「你是……許明風嗎？」

　　女生的聲音很輕很輕，但難掩其悅耳動人。

　　「嗯，是的，我……我是許明風。」

　　那刻的我，不知為何說話也結巴起來，甚至忘記了，電話另一邊的程曉彤尚未掛線。

　　女生繼續說：「你好，我是曉彤的朋友，她叫我在這裡等……」

　　「你就是……曉彤的朋友？」

　　女生點點頭，向我眨一眨眼睛，然後低下頭來，沒有再說話了。

　　後來，我還是忘記了，手中的手機尚未掛線。直到程曉彤來到，沒好氣地拿起我的手機在我面前晃了晃，我才如夢初醒過來。

　　據說在這世界上，只有小部分人，在一生之中曾經遇到過這種震撼。

　　我很慶幸自己竟然可以遇到了，一個可以給我如斯震撼的人，而這一個人，就是林幸兒。

　　雖然她未必也會有這種震撼……

　　雖然她最後喜歡的人，可能也不會是我。

‧　　‧　　‧

　　「你說……你喜歡林幸兒？」

　　「是啊，不可以嗎？」

　　「不是不可以……」程曉彤輕輕呼了口氣，抬頭看著教室的吊燈，又苦笑了一下，才接著說下去：「但是你兩天前才認識她。」

　　「喜歡一個人，並不是以認識多少天來計算的吧。如果認識了很久才可以喜歡，那麼就沒所謂的一見鍾情了！」

　　「我只是隨口說說，你看你的態度有多認真。」程曉彤又苦笑了一下，問：「那你對她是一見鍾情？」

　　對於她這種問法，我心裡感到有點窘，但最後還是點了點頭。

　　「那你希望我怎樣幫你呢？」程曉彤微微笑一下，看著我。

　　「你不用幫我什麼，只要告訴我多一點關於她的事情就行了。」

　　「好，你想知道什麼？」

　　「她……有男朋友嗎？」

　　程曉彤搖搖頭。

　　「有喜歡的對象嗎？」

　　程曉彤又搖搖頭。

理想對象，跟最後真正喜歡的對象，有時原來可以是不同的人。

「你們是怎麼認識的？」

「那天不是介紹過了嗎，我們是小學同學嘛。」

「是同班同學嗎？」

「嗯。」

「她在哪間學校念書？」

「真光中學。」

「那明年會考畢業後，打算讀哪一間大學？」

「浸大或城大吧，她好像還沒有下決定。」

「她平時喜歡做些什麼？」

「看書，聽歌，到海邊拍照。」

「聽什麼歌呢？」

「五月天，陳奕迅，何韻詩。」

「那……她喜歡什麼類型的男生？」

「我不知道，你自己問她吧。」

「我怎麼問她啊……她家裡有什麼人，有兄弟姊妹嗎？」

「你真的要問得這麼仔細嗎……她的父親很多年前已經過世，她有一個比她小三歲的妹妹。」

「嗯……那她住在哪裡呢？」

「好了，許先生，你已經問了十個問題，服務收費是一千兩百一十六元。」說完，程曉彤伸出了右手向我要錢。

我呆呆看著她，過了一會才懂得發問：「怎麼要收錢的？」

「我可沒說過不收錢啊，一千兩百一十六元。」她卻一臉

好整以暇，對我咧嘴而笑。

「太貴了啊！還有，為什麼是一千兩百一十六元？」

「你用你的笨腦袋想一想吧。」她向我做個鬼臉，然後就轉身走回自己的座位。

雖然如此，但能夠從程曉彤口中知道多一點林幸兒的事情，也總算是一大收穫。

回想前天，後來程曉彤來到，替我與林幸兒互相介紹後，我們就沒有再交談過一句話。

林幸兒似乎是一個比較沉默的女生，還是她只是怕生、不知道應該怎麼與我這個新認識的朋友說話，一路上，她就只是會回應程曉彤的話，而我也傻傻的不知道應該如何帶起話題，最後就只懂得傻傻的跟在她們之後。

後來，程曉彤提議去看電影。我們在時代廣場的戲院買了票，進了場，不知是碰巧還是怎樣，我們三個人，最後坐在我身邊的，竟然是林幸兒……

電影演了什麼，我已經記不清楚。但在那一百三十多分鐘的漆黑環境裡，我輕輕地呼吸著來自身旁的香氣，心裡一點一點地確定，自己是由衷地喜歡了這一個人。

●　●　●

以前也不是沒有試過，喜歡另一個人。

只是，真正喜歡的人，與最後一起走到白頭的伴侶，有時也不會是同一個人。

幼稚園的時候，我曾經喜歡一個女生，她的臉有點圓，就像一個紅蘋果。每天下課後，我們都會一同搭娃娃車回家，她總是會坐在我的身旁，偶爾會交換糖果吃，那時候我還跟她說過，將來長大後要娶她做我的老婆……

　　好吧，我知道，這不是愛情，就只是人小鬼大吧。事實上，我連這個女生的名字也不記得了，好像是姓陳……因為幼稚園畢業後，我們也沒有再見過面了。

　　小學六年級的時候，我曾經喜歡一個女生，她叫李子樺，是我隔壁桌的同學。每天下課後，她都會打電話到我家，問我數學功課，要我一題又一題地教她如何解答題目。

　　那時候，我們幾乎每天都要通一小時電話。但除了數學題目，我們就沒有再談其他的事情。直到有一天，她沒有再打電話給我。每天在班上見到，她也沒有主動向我說些什麼。後來小學畢業後，聽說她在中學裡交了一個男朋友。後來的小學同學聚會，她也沒有出席。也是從那時候開始，我學習到什麼是錯過的滋味。

　　中學四年級，因為代表學校參加校際的數學比賽，我認識了隔壁班的沈小嵐。她是一個很懂得照顧別人的女生，不論是在比賽團隊裡，或是作為朋友、女朋友，她都很善解人意、體貼入微，有她在旁，你不用擔心有什麼遺漏或出錯，也不用擔心活動或約會裡出現冷場，因為她是一個開心果，有她在的場合，你會感到很舒適很安心，她不會讓別人有半點被冷落的感覺。

沈小嵐是一個很好的女生。因為準備比賽的關係，我曾經試過帶她回家一起練習比賽的題目，媽媽與小雪均對她有極好的評價。而我們在比賽之後，也發展成一對情侶，每天中午時我們會一起外出吃午飯，下課後就等對方離開學校一起回家……但也只是僅此而已。後來我明白，自己其實沒有太多的心跳，我喜歡的並不是這個人，我喜歡的就只是她的好……因此在三個月後，我們分開了。之後她也沒有再找我，每次在走廊上碰見，她也對我不屑一顧。

　　在這件事上，我知道是自己有負於沈小嵐。但也正因如此，她讓我學懂，真正喜歡一個人時應該是有著什麼感覺，至少，內心會有更多的不捨與在乎，而不是只有一種表面的和諧快樂，不是就只有每天見面、問好、說再見……也許我其實還不是很懂得何謂愛情吧。對一個不懂得愛的人嘗試去勉強談情說愛，其實是一場笑話。

　　只是這一次，我很確定這一種感覺。

　　喜歡一個人，你會好想看到她這個人，會好想聽到她的聲音。你會好想知道多一點關於她的事情，你會好想了解她的各種喜惡……每天醒來第一個想到的，就是這一個人；每當有空閒的時間，你都會猜想，此刻的她不知道在做著什麼，是否跟你一樣在仰望著同一片天空；然後每晚入睡之前，你又會將她這個人、她的所有事情都再鉅細無遺、珍而重之地默想一遍，想過了，才捨得入睡……

是要經歷過多少錯愛，人才會開始明白，誰是真正喜歡的人，誰可以一起走到白頭。

即使你們之間曾經發生過的事情，其實是有多微不足道。

•　•　•

「你這樣子的喜歡，其實只是很普通的程度吧。」

星期天，我約程曉彤到麥當勞，她對我的一番胡思亂想竟有這樣的評價。

「有多普通啊？我可以很認真的！」我反駁。

「在這世上，誰沒曾經認真地喜歡一個人呢？」她微微笑了一下，我覺得那是取笑。「誰又沒有曾經為了自己喜歡的對象而朝思暮想呢？每一個人，都會將自己喜歡的對象當成是全世界最重要的人，即使為了他而可能會感到迷失、甚至失去了自己，但只要能夠靠近對方多一點，有時就會變得跟平常的自己不太一樣，或是在所不惜地付出所有。」

這次我沒有反駁，因為我心裡也有點認同程曉彤的話。

接著她又說：「當有一天，你會因為喜歡一個人，而變得什麼也不能對人言明時，你才來向我發表你的胡思亂想吧，嘿嘿。」

「這種事情也可以這樣比高下嗎？」我苦笑，在她眼裡，彷彿我對林幸兒的感情真的這麼不入流。

「對了，你今天約我出來，是為了什麼呢？」程曉彤一邊問，一邊咬著汽水的吸管。

「其實我是在想……」

我看了看程曉彤，不知該怎麼說下去。她也看了我一眼，搖了搖頭，然後說：「你是希望我幫你約林幸兒出來吧？」

「是的。」

「但是我不知道她願不願意出來啊？」

「你試試幫我約吧！拜託！」

程曉彤斜眼打量著我，過了一會說：「好，但我要收錢。」

「收錢？」

「每次約林幸兒出來，我要收費一千兩百一十六元。」

「又這麼貴？」

「不願意嗎？那我就不幫你約。」

「我也只是個窮學生……可不可以減一點啊……」

「那這樣好了，每次我們出來的消費，都是由你來支付，你願意嗎？」

「你們？」

「當然啊，我也會一起來的，否則林幸兒未必願意單獨見你啊。」

我看著程曉彤，她的雙眼彷彿帶著一點狡黠；但最後，我還是只能屈服了她的無理要求。

因為我真的很想可以早點再見到林幸兒。

• • •

最怕的，不是因為喜歡一個人而丟失了自己，而是怕，到最後我們竟然錯過了真正重要的誰。

後來，每隔兩個星期，程曉彤都會定一個主題，在假期的時候約我與林幸兒出來遊玩。

最初是很平常的逛街、看電影、到咖啡店閒聊，之後偶爾我們會去爬山、騎單車、郊遊遠足。但其實做什麼並不是重點，最重要的是我能夠藉著這些機會，去認識林幸兒這一個人。

原來她有一個英文名，叫 Maggie，只是她平常不喜歡別人叫她的英文名。她的生日是 10 月 20 日，剛好比我的生日晚一個月。

她住在九龍區，每天早上都要很早出門搭巴士回校，因此晚上也習慣了不會晚睡，習慣了在下課回家後就盡快做好功課，然後在晚飯後趁著一點空餘的時間上網、跟別人通電話。

平常她最主要是跟程曉彤通電話，有時我鼓起勇氣打電話給她，她會說因為正在與程曉彤通話而要掛斷我的電話。於是有幾次，為了可以與林幸兒順利地通電話，我要先打給程曉彤打探她們有沒有在通話，如果不幸地正在通話，就唯有重金賄賂程曉彤、讓她藉故假裝忙碌而掛線，這樣林幸兒才不會拒絕接聽我的電話。

只是，也因為如此，在每天課餘之後，我也多了一項「副業」，就是在我家附近的便利商店當兼職店員。

「你真的好誇張啊，每天除了上課，還要做兼職。」

程曉彤帶著揶揄的語氣，在收銀檯放下了一瓶青蘋果綠茶。

我拿起青蘋果綠茶在感應器上掃描，然後微笑回道：「小

姐，青蘋果綠茶，謝謝七元半。」

程曉彤看了我一眼，沒再說話，就只是掏出零錢來付款。

我心裡雖然恨得牙癢癢，但在店長的監督之下，我這新人只能友善地招待程曉彤這位客人。

如今我要在這裡兼職，還不是她害的。每次和她們出外遊玩，一切消費都真的由我負責，程曉彤是從來沒有付過分毫。林幸兒曾經好心地提議過要各付各的，但程曉彤一番花言巧語、說我家裡有錢、平常就喜歡請客，於是之後就沒有人再提過這個救命方案。

可我家裡並不是真的有錢啊，我這一輩子十八年來的所有積蓄又能有多少？幸好，有天我看到便利商店門外的徵人廣告，我走進應徵，不久後就成為了這間便利商店的兼職員工，每天的薪水還不錯，至少可以應付和她們去玩的開支。

只是每天下課後再這樣來上班，也真的有點累。

「好了，看你那麼辛苦，以後我們外出，你就不用再替我們付帳了。」

下班後，我走出便利店，就聽到程曉彤在我背後這樣說。

我微微一呆，轉過身，看見她就站在店門旁邊，直直的看著我，手上還拿著之前買的青蘋果綠茶。

「咦，你一直都沒有離開嗎？」我訝異地問她。

「聽其他同學說你在這裡兼職，原本想來找你聊天，但不好意思打擾你工作，所以就在這裡等了。」

後來偶爾回看，原來能夠一心一意地為喜歡的人付出，是一件多麼幸運的事情。

「你等了……兩個小時？」

程曉彤搖搖頭，說：「別傻了，我先離開、剛剛才回來的。」

「原來如此……」我呼一口氣，問她：「你剛剛說、以後不用我付帳，是真的嗎？」

「我一向說話算話，你就別這樣婆媽了。」

「那你之後還會幫我約林幸兒出來嗎？」

「你真的很婆媽。」程曉彤嘆氣。

「那……謝謝你了。」

「嘿嘿。」

「你笑什麼？」

「笑你為了愛情，竟然把自己弄得如此狼狽。」

「我怎樣狼狽了？」

「我以前都不曾見過你會這樣求我。」

「那誰教你是我所認識的人當中，最了解林幸兒的那一個呢？」

「其實我也不算很了解她啦。」

「至少比我了解。」我呼口氣，看著天上的月亮。

「你不是已經很努力去了解嗎？」

「嗯，但我總覺得跟她有點隔閡。」

「為什麼這樣說呢？」

「例如，我每次打電話給她，大部分時間都是我在找話題，

她每次回應通常都有一搭沒一搭。」

「原來如此。」程曉彤笑了一下，說：「她啊，從小就沒了爸爸，家裡就只有媽媽與妹妹，而且現在又是讀女校，所以對於男生，她其實並不知道應該如何去應對。」

「是這樣嗎？」

「她不像我們，一直在男女校生活，可以自然地跟異性交談來往。但相信我，她並不是討厭你，她只是不知道應該怎樣讓你不討厭她。」

「我怎會討厭她呢？」

「她也不知道原來你暗戀她嘛。」程曉彤向我做個鬼臉。

「那麼……如果我向她表白了，你覺得她有機會喜歡我嗎？」

「你未免想得太輕易了吧，在你表白之前，你應該先努力製造一些機會，讓彼此再互相了解多一點。」

我嘆氣說：「程小姐，這幾個月來，我已經很努力製造機會了。」

程曉彤輕輕笑了一下，回道：「許同學，我覺得你應該善用你自己的優點。」

「我的優點？」

「你不應該浪費時間兼職啊。今年就要考會考了，難道你不用念書嗎？」

「我有好好運用剩餘的時間念書的。」

有些人越是靠近，你越是會感到自己的渺小。

「那為什麼你不邀林幸兒一起念書呢，難得你的數學成績那麼好，如果她有不明白的地方，你也可以教她呀。只要你能夠幫到她的課業，她對你的信任與依賴也會隨之加深呢。」

我細細咀嚼程曉彤的這番話，猶如在漆黑中找到一線明亮的曙光。我忍不住對她說：「為什麼你這麼晚才告訴我呢？」

程曉彤卻搖了搖頭，一本正經地說：「許先生，是你自己太笨而已。」

· · ·

之後，按照程曉彤的建議，每逢星期四及星期五，我們三人都會到圖書館或咖啡店一起溫習功課。

最初我還擔心，林幸兒會不想參加；沒想到她每次都有出席，而且還很熱心地向我請教關於數學的問題，偶爾她還會主動打電話給我，要我教她如何拆解算式。最不努力溫習的就是程曉彤，她在圖書館總是時常在聊天，吵得其他人紛紛向我們投以抱怨目光。但她的學業成績向來都比我好，我猜她根本就不擔心自己會考不上大學。

在圖書館溫習完後，偶爾我們三人會到附近的茶餐廳一起吃晚餐，偶爾程曉彤會藉故叫我送林幸兒回家。林幸兒通常都是搭巴士回家，車程大約要三十分鐘，如果遇上塞車，就大約要一個小時。但對我來說，這一趟三十分鐘至一個小時的車程，

卻是難得與林幸兒獨處的時光。

　　「其實你可以不用每次都送我啊，我自己回去也沒問題。」
在車廂裡，林幸兒微笑看著我說。

　　「沒關係啊，反正我有空。」我也微笑回答，心裡有一種
獲得認同的感覺。

　　以前，我很少看到她會對我微笑。平時見面互動，她對我
總是帶著一種疏離的態度，也許她並不是故意的，是我始終與
她不夠熟稔吧；如果換成是與程曉彤相處，她反而會表現得比
較自在，至少會懂得隨心所欲地說話及微笑……

　　所以，如今林幸兒與我相處時也會出現這一種態度，我真
的覺得，已經是一個重大的突破。

　　「那你待會回家，會太晚嗎？」林幸兒又問。

　　「不會，而且我的家人也不太會管我。」

　　「他們不會擔心嗎？」

　　「他們只會要我順路買宵夜回去。」我笑道。

　　「哈哈，那你會買嗎？」

　　「看心情吧，如果樓下的豆花攤有營業，就一定會買。」

　　「咦，是很好吃的豆花嗎？」我看得見她的雙眼像是發光。

　　「好吃啊，再加上黃糖，可是人間美味。」

　　「真好啊，真想有機會吃到呢。」

　　「將來有機會的話，帶你去吃吧。」

　　「真的嗎？」

偶爾你會為他想得很多，甚至無法自拔，只是過後又會覺得一切全沒意義。

「當然是真的。」

「你人真好啊。」

「你對好人的定義未免太簡單了。」我搖頭失笑，心裡卻是無比的滿足。

被自己喜歡的對象稱讚是一個好人，還有什麼事情更值得讓人驕傲？

「那你搭車回家的時候，通常會做些什麼？」

「沒什麼特別的，都是一邊聽歌，一邊溫習筆記。」

「聽什麼歌？」

我沒有回答，就只是從背包掏出隨身聽，將一邊的耳機交給林幸兒。她看了我一眼，欣然地接過耳機，並戴在耳上。然後我也戴上另一邊的耳機，按下播放鍵，隨身聽剛好放到了陳百強的〈有了你〉……

有了你　頓覺增加風趣
我每日　每天都想見你
那懼風與雨　那懼怕行雷　見少一秒都空虛
有了你　頓覺輕鬆寫意
太快樂　就跌一跤都有趣
心中想與你　變做鳥和魚　置身海闊天空裡
心中想與你　變做鳥和魚　置身海闊天空裡

作詞／鄭國江　作曲／鍾肇峰

我偷偷望向林幸兒，只見她正閉上雙眼，嘴角微微上揚，彷彿完全陶醉於音樂之中。車廂輕微震動著，我們的肩膀偶爾互相觸碰，似近還遠，但我還是可以感受到，她手臂的毛衣所蘊藏著的溫暖與質感。

　　這一晚的快樂，又教我以後怎麼能忘。

· · ·

　　自那晚開始，我和林幸兒的關係，彷彿變得越來越親密。

　　偶爾她會打電話給我，跟我說說學校的生活，一起說些無聊笑話。

　　她在校內並不算活躍分子，有參加合唱團、排球隊，但因為臨近考試，這些活動早就已經擱下來，最近回到學校，同學們都埋首於課本與筆記裡，大家都甚少玩鬧說笑，沉重的考試壓力讓人喘不過氣來。

　　因此每星期可以和我與程曉彤這些校外之人到圖書館去溫習，雖然也是為了考試，但至少可以讓她轉換一下心情，對她來說實在是難得的放鬆時刻。

　　之後，在一月的第一個星期六，我如常地回便利商店上班……是的，我後來還是沒有辭掉工作。雖然兼職工作很辛苦，但專注於店務的時候，也是一個機會讓我舒緩考試的壓力。而且店長人很好，幫我安排在星期二、四、六這三天上班，讓我

29

We're
just
strangers
with
memories

但是當你做到一些事情，可以讓對方感到快樂，你又會覺得無比滿足。

不會太辛勞。

　　只是想不到，有一天星期六我下班時，竟然看到林幸兒就站在店門外等我……

　　「你為什麼會在這裡？」我傻傻地看著她，訝異地問道。

　　「我知道你在這裡打工，所以就來探望你了。」林幸兒向我吐吐舌頭，好不可愛。

　　「你在這裡等了多久啊？」

　　「等了……好像有一個小時吧。」

　　「你為什麼不進店裡告訴我你在等？」

　　「我不想打擾你工作嘛。」

　　我心裡著實感動，只是實在不知道應該如何用言語向她表達……每次緊張的時候，我的口齒總是會變得笨拙。

　　但林幸兒卻對我笑了一下，輕聲問：「你想怎麼答謝我呢？」

　　「呀……我帶你去吃豆花，好嗎？」

　　「好啊！我期待很久了！」

　　看到林幸兒雙眼放光，那一刻我有些感嘆，想不到有天真的可以帶她去品嚐我家樓下的豆花，想不到她一直都記著那一晚的約定。

　　後來，我們嚐了豆花，也嚐了北角的雞蛋仔，邊走邊聊，去到太古城的海濱公園，然後我們在小食亭買了兩罐可樂，坐在大海之前，說說笑笑。

「對了，你今天為什麼會來便利店找我？」

林幸兒臉上彷彿微微一紅，說：「今天在家裡覺得有點悶，所以就忍不住跑出來了。」

「從九龍城區跑來港島區？對你來說不是有點遠嗎？」我看著她笑問。

「我以前常常都坐車來港島區。」

「咦，是嗎，你來港島區做什麼呢？」

「你別管。」這次我真的看見，她臉頰上泛紅了一下。過了一會，她說：「你會不會累？下班之後，還要陪我走這麼多路。」

「就只是走路，又會有多累呢？」我笑答。

「會累啊，如果是跟不對的人一起走。」

「那你一定不是不對的人。」我立即回答。

「是嗎……」

我感受得到林幸兒的目光，但我還是遠眺著大海，不想讓她察覺到我的緊張。我問她：「你有沒有試過連續走很遠的路？像是剛剛我們從天后走到太古城那麼遠。」

「我曾經走過更遠的路呢。」

「嗯，那次走了多久時間？」

「五個小時。」

「這麼長？是爬山嗎？」

「不是爬山……就只是在市區裡走，從尖沙咀，一個人走

We're
just
strangers
with
memories

到觀塘。」

　　我看著她，她的雙眼帶著一點認真，也有一點疲累。我輕聲續問：「那天是發生了什麼事嗎，是什麼驅使你一個人走這麼遠？」

　　「其實也沒什麼事發生……就只是，那天實在好想一個人去走一走，彷彿只要一直走下去，心情就能夠平復下來，所有的煩惱終究會隨著疲倦與汗水而煙消雲散。」

　　「最後，有效嗎？」

　　「好像沒有。」林幸兒吐吐舌頭，笑說：「那夜最後，我走到觀塘碼頭……你有去過那裡嗎？」

　　「沒去過啊。」

　　「其實就是我們現在所看到這片海的對岸，在那兒可以看到這邊的夜色，有機會你要去看看啊。」

　　「好啊，將來有機會你帶我去。」我說。

　　林幸兒笑著看了我一眼，然後說：「那夜走到觀塘碼頭，已經走得很累了，原本打算走到那兒的防波堤上，乾脆在那裡待一整晚、靜待隔天的日出，心想日出之後，就不要再讓自己煩惱下去了；但一想到，媽媽見我一直都沒有回來，打了很多通電話給我，最後不得已，我還是只能乖乖地回家。」

　　「她會擔心，也是當然的事啊。畢竟你一個年輕女生待在外面，也不安全。」

　　「有時我會覺得，她只是希望我一直留在家陪伴她，多於

真的擔心我的安危呢。」

「為什麼會有這種感覺？」

她嘆了一口氣，說：「這很難說得清楚……因為她要工作賺錢，所以家裡的所有事情都是由我負責。我明白她的壓力與辛勞，因此一直都有努力去做好家事、照顧妹妹，可是，同時兼顧學業與家事，我也一樣會有疲累的時候啊，而她不會認真去理解，就只是會指責我什麼都做不好。」

「你們平常都很少交談嗎？」

「她總是會工作到很晚才回家，通常我和妹妹都已經上床睡覺了。然後等到她放假，就是我們被她責罵的時候。」

「那……今天她也是放假嗎？」

林幸兒輕輕「嗯」了一聲。

「難怪你想跑出來喘一口氣呢。」

「她對我們兩姊妹抱有很大的期望，或許是因為她也是成長於一個保守的家庭，她總是希望我們將來能夠找到一個好丈夫、然後好好地相夫教子……如果爸爸不是太早離世，這應該是她心目中理想的妻子模樣。」

「嗯，很多時候父母總是會將自己做不到的事情，留給子女去完成呢。」

「可是，她是她，我們是我們啊，她總是不願明白。」

「要改變一種相信了很多年的觀念或價值觀，是真的不容易。」

即使到最後，就只有你自己知道，你曾經如斯認真地喜歡過，這一個人。

「沒錯，我其實都明白……」她眼裡閃過一絲寂寞與悲傷，但又立即對我咧嘴一笑，說：「謝謝你願意聽我訴苦。」

我望向林幸兒，海風正輕輕吹起她的秀髮，飄渺不定，猶如一場夢。怎麼能想到，會有這麼一天，我可以與她如此親近……

「怎麼了？」

「沒、沒什麼。」我搖搖頭，讓腦袋清醒一下，然後繼續說：「平時每天為了應付考試，實在太辛苦了。不如以後的每一個星期日，都由我來安排一些有益身心的活動，讓大家可以調整心情，舒緩考試的壓力吧。」

林幸兒眨眨雙眼，問：「有益身心的活動，像是什麼活動呢？」

「往後你就會知道，你願意試試嗎？」

她又眨了一眨眼睛。

然後我們拿起各自的可樂互碰一下，相視而笑。

●　　●　　●

後來，第一個星期天，我們去了南丫島爬山，嚐了馳名的阿婆豆花。

第二個星期天，我們去了大澳漁村，嚐了炭燒雞蛋仔，搭船出海看了中華白海豚。

在第三個星期天，我們走上了太平山，一起觀賞維多利亞港的夜景。

到了第四個星期天，我與林幸兒兩個人，一起前往陌生的元朗區去冒險，亂闖亂蕩，後來還迷路了，但幸運地在屏山遇上了燦爛的日落與晚霞。

第五個星期天，我們就只是一起坐在西環的海邊，從中午到黃昏，聽著對方隨身聽的歌，偶爾說說往事，然後一同靜待太陽從地平線消失……

之後，到了情人節的前一天，林幸兒打電話給我，說想要我放學後陪她到旺角去買參考書。買完參考書後，我們兩人逛了一會商場，去了糖水店一起吃了紅豆刨冰，之後我送她回家。一路上，她一直都挽著我的手臂，搭上巴士之後，我們坐在車廂的最後一排，過了一會，她輕輕將頭靠在我的肩上……

那一刻我想，自己是應該要有所表示了。我應該要對林幸兒說……

我希望你能夠做我的女朋友，好嗎？

我低下頭來，看到她也正抬起頭來，一雙黑白分明的眼睛一直在凝看著我。我輕輕吸一口氣，正想開口，懷裡的手機卻震動起來，傳出了〈可惜不是你〉這首歌的鈴聲……

後來我總是會想，如果那天晚上，如果在那個車廂裡，自

如果，你也可以喜歡，一直喜歡著你的這一個我，多好。

己沒有接聽這一通電話，將來的發展，是不是會不再一樣。

只是就算再想更多，一切也是已經無法改變。

再後悔再不捨，有些曾經還是不可能從頭開始。

We're
just
strangers
with
memories

如果，一切都從來沒有開始，一切都可以從頭再來，多好。

02

還遠

We're just
strangers with
memories

當你遇過太多這些情況，你就會開始相信或接受，這一個人真的不想跟你親近。即使你費盡心力做了多少事情，或是表現得有多無奈，她不會欣賞你，不會主動關心你，不會想花時間去了解你，更別說她會為你去改變一些什麼。

We're
just
strangers
with
memories

你在乎，她始終不在乎，這樣的一段關係，為何還要努力下去？而且她也沒有要求你留下，若再這樣下去，反倒顯得你自討苦吃……

/2008

We're
just
strangers
with
memories

2008 年 8 月，我幸運地考上科技大學的數學系。

回想應考的那個月份，自己的集中力與記憶力下降至前所未有的新低點，但我還是只能咬緊牙關堅持下去……而且情況也已經不容許我再為自己找藉口了，我只能堅持，只可以堅持。

大學聯招放榜後的第二天，程曉彤說要為我慶祝，順道為她餞行——她的父母安排她去美國留學。以前我的父母也曾經提議，中學畢業後不如出國升學，我總是強烈地表示抗拒。畢竟我們並不是富有人家，出國可是要花很多錢；而且我也不想離開這個城市，我的家人與朋友都在這裡，而且當中還包括我認真喜歡的人……

但如今，倘若你再問我，想不想出國留學，我可能會回答你，去吧，出國吧，至少可以暫時遠離一切煩惱。

「難得出來慶祝，你就不要一副苦瓜臉的模樣吧。」

程曉彤拿著一瓶啤酒，看著我搖頭。

「沒有呀，我沒裝苦瓜。」

我說，剛才我只是故意裝作沒有感覺而已。

「你說你沒裝，但你的臉上明明就沒有笑容。」

「好端端為什麼要笑呢？」

「許先生，我們今天出來，不是為了慶祝你升上大學，還有為我餞行嗎？」

「慶祝是應該開心，但餞行卻是應該表現不捨，開心與不捨相加，一正一負，於是就等於沒有笑容……我的表現其實是

很正常呀。」

「……看來我的擔心是有點多餘了。」程曉彤有點悻悻地說。

「為什麼要擔心呢？」我眨眨眼，然後拿起自己的啤酒來喝。

程曉彤看著我，過了一會，她嘆氣：「唉，你要假裝沒事，我也拿你沒辦法。反正我問你為什麼不開心，你也不會告訴我原因。」

我搖了搖頭，不想舊事重提。我對她說：「你就先顧好你自己吧，要去美國四年啊，你會捨得這裡嗎？」

「當然不捨得啊，誰會真的捨得離開自己生活了這麼久的地方。」

「如果讓你再重新選擇，你會選擇不離開嗎？」

「應該還是會選擇離開吧。」

「為什麼？」

「不捨得離開，與有沒有理由繼續留下，是不同的事情。而且又有誰真的希望我繼續留下來嗎？」

聽到她這樣說，我不禁看看她，只見她一臉自然地喝著啤酒，彷彿剛才只是在訴說著別人的心情。我問她：「你出國那天，會有人去送你機嗎？」

「有啊，我的家人會來。你會來嗎？」

「唔……我不知道。」

有時寧願假裝什麼都不知道，至少還可以自然地微笑下去。

程曉彤輕輕嘆了一口氣，又喝了一口酒，最後她說：「如果你那天有空，就來吧。但如果來不了也不要緊，我明白的。」

我勉力對程曉彤微笑了一下，拿起啤酒瓶與她互碰，但是腦海裡的思緒，卻已經不知飄落零散到什麼地方。

• • •

「喂。」

「喂。」

「在忙？」

「不會……找我有事嗎？」

「沒，沒什麼……只是想問一下，程曉彤出國那天，你會去機場為她送行嗎？」

「我還沒決定。」

「嗯。」

「你會去嗎？」

「我也還沒決定，想看看你會不會去。」

「你想去就去吧，何必一定要問我意見。」

「嗯。」

「我不跟你聊了，我要做家事。」

「嗯，拜拜。」

當我說完這句話，林幸兒迅即掛斷了線。

這一次的情況已經算是比較好，通常的情況是，她不會接聽電話，短訊也是不會回覆。想聽到她的聲音，彷彿要看運氣，還是應該要看天氣？若是那天風和日麗，她的心情較好，就會有多一點機會接聽我的電話；若是那天陰雲密布，她根本就沒有想跟我對談的心情，我再傳多少通短訊，也是只會讓她不高興。

　　我開始習慣，從一點蛛絲馬跡中去猜測她的心情。她在臉書上說過的一句話，她在訊息欄的動態更新裡所分享的一句歌詞，她什麼時候在線、什麼時候離線，甚至她突然變長的在線時間、或是她在凌晨時分的驟然在線與離線，我都可以想得太多，然後又會提醒自己，沒有資格去期待更多。

　　最初認識的時候，我們甚少在訊息裡交流，就只會偶爾傳一兩句問候，然後換得對方的已讀不回。那時候我根本不會對她的已讀不回那麼在意。後來變得熟稔了，除了講電話，偶爾我們也會在家裡跟對方用短訊聊天，一聊就是數個小時，即使聊到累了也不捨得去睡，有多少次我們是趴在電腦桌前睡著了……嗯，我們。曾經我們還為這件事而互相取笑過對方，心裡泛起過一陣漣漪。

　　直到 2 月 13 日那天之後。

　　自那天開始，林幸兒對我的態度就漸趨冷淡，彷彿是我做錯了什麼，又彷彿，是她開始對我這個人感到生厭，不會再像以前般主動打電話給我，對我的邀約也像是變得不感興趣，不想再見到我這個人。

有些人曾經再靠近，但來到這天，卻連一句晚安也無從說起。

雖然每星期五我們還是會約在圖書館一起溫習，但林幸兒不會再主動請教我數學的試題，即使我偶爾主動去教她，她也不會表現太多反應，甚至不會直接看著我的雙眼；更多時候她寧願向程曉彤請教、寧願黏在她的身邊。

　　彷彿我像是一個可有可無的存在。溫習完後，很多時候她們兩個女生會自己先離開，不會再一起吃晚餐，更別說我還有機會送林幸兒回家。我曾經嘗試向程曉彤打探、林幸兒是否在生我的氣，但程曉彤每次都說真的不知道內情，林幸兒從來沒有向她透露過什麼，她也對我們的關係突然變得如此冷淡而感到可惜。

　　從那時候開始，林幸兒常常會不接聽我的電話、不回覆我的短訊。

　　然後這種情況，一直維持到四月，要會考了，林幸兒以專心應付考試為由，不再與我們一起到圖書館溫習。但我知道，這只是她不想見到我的藉口，因為我曾經在圖書館，遠遠看到她與程曉彤一起走著。

　　那一刻我深刻感受到，自己是被遺棄的一個，不只是因為林幸兒的有心疏遠，也因為程曉彤沒有告訴我，她仍然會繼續和林幸兒在圖書館碰面。但我知道這其實不能夠怪程曉彤，若我是她大概也會這樣做，如果林幸兒根本不想見我，那麼程曉彤再告訴我又有何用，反而只會令大家尷尬與不快。而且她們有權利想見誰、不想見誰，而我，又是林幸兒的誰呢……

只是，理性是如此去想，但那一次，當我遠遠看到她們的身影，我卻無法裝作若無其事；我只是讓自己別過了臉，不想讓她們發現，慢慢轉身離開，不想讓她們看到我的卑微……

　　後來，考完會考，程曉彤曾經邀約我和林幸兒，一起去看電影、逛街，甚至是到她家去玩，但每次林幸兒幾乎都沒有出席，或是最初答應出席，但當知道我也會參加，她就會突然有事而失約……

　　我明白的，我真的明白。

　　她唯一一次答應出席，是因為程曉彤說有重要事情想當面對所有朋友們宣布——程曉彤在暑假後要到美國留學。那次聚會，我看著林幸兒，她全程都沒有看過我一眼，說話時也只會看著別人；我嘗試搭話，她的語氣也是冷冷的，然後有一句沒一句；同行時，她也會與我保持著一段距離；大家合照，她也不會靠向我，甚至想與我站得遠遠的……

　　我明白的，我真的明白。

　　當你遇過太多這些情況，你就會開始相信或接受，這一個人真的不想跟你親近。即使你費盡心力做了多少事情，或是表現得有多無奈，她不會欣賞你，不會主動關心你，不會想花時間去了解你，更別說她會為你去改變一些什麼。

　　你在乎，她始終不在乎，這樣的一段關係，為何還要努力下去？而且她也沒有要求你留下，若再這樣下去，反倒顯得你自討苦吃……

　　你不明白，為什麼自己越是盡力表現，越是得不到應有的尊重與回報。

漸漸我在程曉彤面前，也不願再多提林幸兒這個人。反正再提或再問，到最後也只會讓自己失望，而我也要假裝若無其事，彷彿從未察覺林幸兒的有心疏遠，彷彿也沒有在乎過林幸兒這個人……這樣子其實真的很累，表面上不在乎，但每天醒來還是會為了和她的突然疏遠而茫然，到了夜深還是會為了某些回憶而莫名失落，而你卻不能接近這個人，只能眼睜睜看著她逐漸疏遠，走向一個你不再熟悉的世界。

　　只是程曉彤偶爾還是會假裝不經意地，跟我提起林幸兒的近況。例如她考完會考後，跟家人去了東京旅行，更爬上了富士山。六月，她找到一份暑期打工，在九龍區一間 KTV 當實習服務生；在那裡她認識了很多新朋友，而且更有許多追求者。七月……

　　漸漸，我開始不敢主動去找程曉彤。

　　只是兩天前，她還是打電話來告訴我，林幸兒考上了城市大學的工商管理系，主修商業分析。我記得這是她其中一個心儀學系，而且城市大學離她家不太遠，交通也方便。那時候我還笑說，等她考上以後，我們就可以經常在附近的又一城商場裡的 Page One 書店裡盡情看書，以及到 Dan Ryan's 餐廳品嚐她最愛的甜點「朱古力心太軟」……但這些曾經如今都彷彿已經是上輩子的事情。

　　後來我傳了一個短訊給林幸兒，恭喜她考上了大學；過了一會她只是簡短回覆一句「謝謝」，沒有其他，再沒有其他。

其實這天，我又何必再打電話給她，問她會否為程曉彤送行。

　　最初她竟然會接聽，我還心存僥倖，是否可能和她多聊一會，告訴她，我也考上了大學，以後我要到遙遠的西貢區上學，每天上學的車程要花一小時的時間；如果從科技大學前往她就讀的城市大學，車程也要差不多一小時……但一轉念，跟她再談這些事情，她又會有半點在乎嗎？

　　然後，最後，她還是跟往常一樣，很快便用一個恰當的理由來掛斷我的電話；有時我會想，她偶爾會破例接聽我的來電，也許只是因為好奇，想知道我這次又會用如何可笑的理由或藉口，來自討苦吃。

・　・　・

　　後來，我沒有去為程曉彤送行。聽說，林幸兒最後還是有出現。

　　這樣就好，真的，至少不會因為我的出現，而讓她有半點厭煩。

・　・　・

　　後來，偶爾我還是會夢到，2 月 13 日那一晚的情景。

彷彿自己是做錯了什麼，但也許，他只是對你的一切都感到生厭。

我與林幸兒，坐在巴士車廂裡的最後一排，我問她，你可以做我的女朋友嗎？她假裝考慮了一下，待我開始焦急的時候，欣然地對我點一點頭，然後緊緊地牽著我的手；從此之後，我們就沒有再分開，每天我們都過得很快樂、很幸福，我們都是對方最喜歡的人……

　　只是每次夢醒過來，我都會取笑自己，為什麼還要作這樣的夢，為什麼，還要祈求在夢境之中，尋求一些不可能的未來。

　　那天晚上，她靠在我的肩膀上，我低下頭來，正想開口向她表白時，懷裡的手機，卻在這時響起了鈴聲。

　　是梁靜茹的〈可惜不是你〉。

　　我知道是程曉彤的來電，因為我一直都沒有將她之前為我預設的手機鈴聲改掉，平常我本來就不會用任何人的歌曲來作手機鈴聲。那一刻我立即想，是應該接聽還是不接聽？我拿出手機，看見螢幕的來電顯示果然是寫著「程曉彤」……為什麼偏偏在最重要的時候來打擾我呢？

　　正當我決定要按下「拒接」鍵時，林幸兒的頭，也在這時候離開了我的肩膀，並將目光移向車窗之外。我有點茫然，望著林幸兒，但是她還是沒有回過頭來，而鈴聲仍是死心地繼續響著。最後，我讓拇指按下了「接聽」鍵。

　　「喂。」

　　「喂，什麼事？」

　　「明天你會去圖書館嗎？」程曉彤笑著問。

「明天⋯⋯」我瞥了一下林幸兒，她依然在看著車窗外。我說：「明天不知道啊，有什麼事呢？」

「沒啦，明天想去圖書館自閉一下，但是又想找個人陪，找著找著，就找到你了。」

「明天我不知道有沒有空⋯⋯」

「咦，你約了人嗎，是約了誰呢？」

「不是，沒有約人，但⋯⋯」

「好了好了，看你回答得那麼緊張，我不勉強你了。」程曉彤輕輕地笑了一下，然後就向我道別掛線。

我收起了手機，輕輕呼一口氣，然後讓自己臉帶微笑，拍一拍林幸兒的肩膀。她緩緩地望向我，臉上不帶一點表情，卻令人覺得彷彿正在生氣。我問她：「你怎麼了？」

她微微搖了搖頭，說：「沒事。」

「真的沒事嗎？你⋯⋯看起來好像不舒服？」

「不。」她又搖了搖頭，過了一會，問：「剛剛是誰打電話給你呢？」

我搔了一下頭，如實回答：「是程曉彤。」

「是嗎？」

「當然是啊，我沒有騙你。」

然後，林幸兒又沒有作聲。

可是她這種神態，反而讓我焦急起來，我說：「怎麼了⋯⋯你在想什麼呢，都可以跟我說啊。」

你卻寧願相信，自己是真的做錯了什麼惹他討厭，總好過他是完全對你不屑一顧。

過了好一會、好一會，林幸兒才吐出了這一句話：「你剛剛跟她通話的時候，你的聲音與語氣，好溫柔。」

　　溫柔？我對程曉彤溫柔？連我自己都不記得，認識了程曉彤快要六年，我什麼時候有對程曉彤溫柔過；基本上，我對程曉彤的態度大部分時間就只有不客氣的直截了當，其餘的小部分時間就是有求於她時的刻意討好。可是如今，可是在這車廂裡，林幸兒竟然覺得，我剛才跟程曉彤的通話，好溫柔⋯⋯

　　「我沒有對她溫柔啊，真的，天地良心，我沒有。」我對林幸兒如此重申，可是她沒有再說話，不論我後來如何解釋、還原剛才與程曉彤的對話，她依然默默的不發一言，巴士到站後，也只是逕自下車回家，沒有再回頭望我，也沒有跟我說再見。

　　一切一切，就是從那一晚那一通電話開始，徹底改變了。

· · ·

　　我曾經向小雪說過這一件事。小雪最初認為，林幸兒是在吃醋，因為我在她的身旁，用溫柔的語氣跟另一個女生講電話。

　　「但那個人是程曉彤啊！那個說話語氣像男生的程曉彤啊！」我大吼。

　　「有時女生要吃醋起來，是沒有道理可言的。」小雪卻推推眼鏡，像是專家一樣地冷靜分析：「基本上女生可以因為任何對象而吃醋，否則這世上又怎會有『如果我跟你媽媽掉進大

海、你會先救哪一個？』這些終極難題呢？」

想想好像也有點道理。只是過了不久，小雪也覺得自己是分析錯了。

因為，無論我怎樣在短訊裡向林幸兒解釋甚至認錯，或是我做些什麼事情來讓她歡喜，都始終無法扭轉她對我的冷淡態度。那個晚上我所犯的錯，真的這麼嚴重嗎？而即使我真的做錯了，但一次的錯誤，原來就可以抹走我所有的好，還有之前一起建立的感情與回憶嗎？

還是其實，從一開始，是我自己想得太過天真。

也許她從來就沒有認真地喜歡我，對於我，她就只是有著一種比友情多一點的好感與依賴。

就算她曾經對我也有過一點在意，但這也不代表什麼。關心，就只是一種禮貌。微笑，就只是一種示好。溫柔，就只是一種習慣。靠近，就只是一種依賴……

那一下偶然的凝望，原來是不帶半點情意。那一次遲到的等候，原來就只是有太多空餘的時間。不等於她就曾經對你動心，不等於她想要與你在一起，不等於她一直期待你的表白，不等於她也是跟你一樣，為了對方的一句話而緊張不安，或有過半點認真深刻的喜歡。

一切都只是我想得太多，妄想要去得到太多。

那是一份並不屬於自己的溫柔，一個我沒有資格去就坐的位置。

在讓自己變得更難堪之前，提早離場，也是好的。

也是好的。

* * *

大學的生活，比我以前想像中要來得忙碌。

除了上課，大學還有很多與課業未必有關的事情等著你。例如參加學生會、社團活動，數之不盡的同學聊天聚、飯聚、酒聚，不同學系合辦的聯誼活動（最主要是認識其他學系的女同學），甚至是在趕 project 時突然興起的宵夜活動，只要你是一個喜歡正常社交活動的人，就很難對這些活動避而遠之。

我也是一樣，很快就讓自己投入其中，認識了很多新朋友，每天的行程表都填得密密麻麻。除了便利商店的兼職，我另外還找了兩份家教，替兩名初中生補習數學。每天空餘的時間，我都會為學生擬定習題、編排課程，希望可以讓學生更投入學習，也不想讓信任我的家長失望。

為自己多找一點事情去做，多找一點責任去負，就不會再有那麼多時間與心情，去思念一些不應該再想的人與事。只是偶爾，當我下班了、離開便利商店，自己還是會不自禁地回望大門，會想起，曾經有一個人，站在那一個位置，等我下班，笑著對我說，辛苦你了。

有時假期，不用兼職或補習，系上的同學會相約去打籃球。

對於籃球，我投籃的技術奇差，不過大家似乎也不介意，只要人數可以湊夠分成兩隊比賽就好。通常我會與 Samuel 被編在同一隊，因為他的射籃技術相當好，於是很多時候我就負責去搶籃板，搶到後就立即傳球給他射籃。

　　Samuel 是電腦系的一年級生，但平時的外表打扮卻像是讀時裝設計系的。比賽完後，我們會到球場附近的茶餐廳用餐與閒聊，因為他也是住在港島區，我們通常會搭同一輛巴士回家，然後在車程裡，他會有一搭沒一搭地跟我亂聊各種事情。

　　「你談過幾次戀愛？」

　　「一次，中學四年級的時候。」

　　「嗯，是認真的嗎？」他拿著手機問。

　　「認真？」我看著車窗外，反問。

　　「你認真喜歡那個人嗎？」

　　「唔……我認真去談這段戀愛，但最後發現，自己並非認真喜歡這個人。」

　　「嗯，這很令人無奈呢。」

　　「所以我得到一個教訓，就是寧缺勿濫。」我說。

　　「喂，你是在影射我吧？」他抬起眼笑問。

　　「豈敢。」

　　我做個鬼臉，不少人傳言，Samuel 是戀愛專家，入學才兩個月，在校內就已經有過幾段情史。

　　「你別看我這樣，我談戀愛時的態度還是很認真的。」

「是怎樣認真啊?」我問。

「對每一段戀愛,我都是全心全意地投入其中。」

「但又可以同時間與不同的女生戀愛?」

「我不喜歡同時間應付太多人,每次一個對象就已經足夠。」

如果這句話出自其他人口中,大概會變成好色之徒的低級玩笑。

但是我看著 Samuel,他的神態卻是一本正經,雖然雙眼仍是在看著手機螢幕。

後來,Samuel 試過約我與他的女朋友們一起出外遊玩,最主要當然不是介紹女朋友給我認識,而是有時如果他的女朋友也有帶同伴,我的存在就可以用來應付那一個同伴、讓他可以專心跟女朋友談情。

雖然如此,每次我還是欣然答應他的邀請,因為其實我滿好奇他如何可以一心多用,他對那些女朋友們到底是有多認真。

他目前總共有四個女朋友,還就讀同一間大學。不過說實話,每次跟他們上完街後,我都不太認得那些女生的相貌與名字,大概是因為 Samuel 對女性的喜好都比較單一的緣故。他喜歡的女生都是長頭髮、眼大大、臉有點尖、嘴唇圓潤、懂得打扮、喜歡新鮮事物……總之,都是會令人眼睛一亮的漂亮型女生,只是她們的個性也頗為相似就是了。有一次我問 Samuel:「其實你喜歡她們什麼?」

想不到，Samuel 會坦誠回答：「我喜歡她們像我的第一個女朋友。」

「那……你的第一個女朋友，現在在哪裡？」

「她已經嫁人了。」

「嫁人了？她的年紀有多大？」

「跟我們一樣，都是 18 歲。」

看到 Samuel 回答得如此自然，我反而不知道應該如何問下去才好。

Samuel 卻笑了笑，說：「這已經是過去的事了，雖然她們都有著第一個女朋友的影子，但我也是認真地喜歡著她們。」

說實話，我不明白這一番邏輯。

如果他喜歡她們，只因為是有著前任的影子，那麼這一種喜歡，又可以有多認真？

可是每次看見 Samuel 與那些女朋友們相處的情況，那些女生都表現得很快樂，他對女朋友甚至朋友的態度也是關懷備至、不會得罪任何人，總是可以輕易地讓人如沐春風；我就會想，也許他是不是認真喜歡這些女生並不是重點，而是他們都找到一個可以讓自己感到安心的世界。

也是一個我始終無法明白與學習的世界。

• • •

然後偶爾，你會在別人身上嘗試尋找答案，盼能夠消解一點難過與寂寞。

然後不知不覺，還是來到 10 月 20 日這一天。

這一天，是林幸兒的生日。

• • •

「你的生日是在什麼時候呢？」

「9 月 20 日。」

「咦，不是比我的生日早一個月嗎？」

「是啊，我早就知道了。」

「為什麼⋯⋯你會早就知道？」

「哈哈，你的 facebook 有寫嘛。」

「你竟然會去留心那些小事呢。」

「只是碰巧看到吧。」

「是嗎⋯⋯」

還記得那時候，林幸兒說完這一句話後，就一直定睛看著我。

「怎麼了？」我忍不住笑著問她。

「沒什麼，只是想，到時要怎樣替你慶祝生日而已。」

「現在才二月，還有七個月啊。」

「那現在想好不是也行嗎？」

「行，行。」我口裡雖然這樣說，但心裡不知道有多高興。

「到時你想怎樣慶祝呢？」

「嗯……都是請熟的朋友一起慶祝吧？例如陳子星、程曉彤……」

「你……」

「怎麼了？」

「你不想只有我們兩個人慶祝嗎？」

聽到這句話，那一刻我有點呆住。林幸兒的臉也馬上紅了起來，她慌亂地解釋：「我只是在想，如果只有兩個人，我比較容易去想如何替你慶祝而已。當然你也可以跟其他朋友一起慶祝，只是我希望能夠為你做些事情，讓我可以答謝你一直教我數學習題……」

「哦，原來只是答謝嗎……」

「你不希望我幫你慶祝嗎？那就算了……」林幸兒扁扁嘴。

「不、不、不，不是不想！」

林幸兒對我做了一個鬼臉，又問：「說了那麼多個『不』，那你是想還是不想啊？」

「想！」

「那好吧，從現在開始，有空的時候我就會想如何為你慶祝生日。」

「嗯，那我也會為你想，如何為你慶祝生日。」

「你……也想為我慶祝？」

「是啊。」

「為什麼……」

然後偶爾，你又會找到更多問號與傷痛，反而讓你對那一個誰，更難忘懷。

林幸兒看著我問。我看著她，微微笑了一下。

因為，你是我最喜歡的人啊。

但是這一句話，當時的我實在沒有勇氣說出口。

「因為，我們是好朋友嘛，好朋友自然要為對方慶祝生日。」

林幸兒一直看著我、看著我，她的眼裡彷彿蘊藏著無數情感，但我更感受到一種無法言喻的寂寞與無奈。最後她微微笑了一下，輕輕對我說：

「謝謝你。」

·　·　·

後來偶爾都會回想起，她那一天的目光，那些她沒有說出口的含意。

是因為喜歡，還是因為並不是真正的喜歡。

是因為她期待我會在那時候向她表白，還是因為她察覺到我那一點超越好朋友的感情。

有一種說法是，通常只有做不成真正的好朋友，才會太認真地向對方及其他人表白，你們是一對好朋友，沒有其他。

如果真的友好，何需刻意說明。一切都在心中，歲月自會見證。

所以，有時說友好，不過是想掩飾一些尚未能確定或被對

方接受的情感。

就只不過是，沒能一起向前多走一步，一種無可奈何、退而求其次的選擇而已……

這是我想了很多很多遍，最後所想到的自我解嘲。

只是因為這一幕，讓我一直都會記得，她的生日。

曾經想過，如果可以為她慶祝生日，我們就坐船去澳門遊玩，嚐盡當地的美食，到不同的特色建築物與老街拍照。

曾經想過，如果可以與她和好如初，那我會親手製作一份她喜歡的生日禮物，在邁入零時零分時，走到她家樓下，親手將禮物送給她。

曾經想過，如果我們還是好朋友，我會畫一張生日卡，在生日卡裡繪上她最愛的 Mickey Mouse，並寫上對她的祝福，然後寄到她家，期待她無意中打開郵箱時，會收到一份意外的驚喜。

曾經想過，如果她不抗拒和我見面，我會在她生日那天，裝作不經意地在街上碰到她，然後跟她閒談幾句近況，然後裝作不經意地想起，啊，今天原來是你的生日，祝你生日快樂……

曾經想過，如果我們偶爾還會用電話聊天，我會在她生日的早上，在她比較空閒的時候給她一通電話，跟她說生日快樂，然後說：如果晚點有空，我們再約出來吃飯慶祝吧，不過我知道你可能也在忙，等你有空的時候再約吧，嗯……

這些曾經，我都已經想過不知道多少遍。但最後，但來到這天，我只是在晚上的十時二十分，拿起手機，按鍵輸入「生

有時我們會念念不忘，也許只是希望在回憶的世界裡，尋回某個失落的自己。

日快樂」，然後按下「傳送」，再沒有其他……

　　我和林幸兒，如今就只是會偶爾傳短訊的朋友。我回看與她的對話，上一個訊息已經是在四個月前，由我傳送出去的……

　　「如果我們現在的距離，是你真的希望如此，那我會嘗試不再找你，去努力成全這一份最後的義氣。」

　　訊息傳出後，我就開始後悔了。因為這樣的訊息，好聽一點就是抒發自己的感情，但其實只會對她帶來壓力，是想用一種看似溫柔無奈的態度，去勉強她給我一個答案、甚至是一個我想要的答案而已。

　　但是我憑什麼可以這樣勉強林幸兒？她有她的選擇，可以不想見我、不想跟我親近、不想喜歡我、不想再做我的朋友，甚至以後都不再理會我，她是自由的，而我只是多餘出來的一個；既然如此，我再說這些話，又對誰會帶來好處，又可以讓誰開懷一點？

　　一切其實只是我的自私心作祟。

　　然後，懲罰也來得很快。當林幸兒之後一直都沒有回覆我，而我因為訊息傳出去了、內心開始期待她會有怎樣的回應或拒絕，那一種看著手機空等的心情，漸漸就演變成只會折騰我自己的無數煎熬。

　　其實真的，她本來就沒有義務給我任何回答。是我自己苦苦糾纏，這樣的人，又哪有資格去說自己用心良苦。

所以後來，我開始不再讓自己傳短訊給林幸兒。有多少次，其實已經是輸入了很多很多文字，但是始終沒有按下發送，不想為她帶來任何困擾；有多少次，其實就只是想跟她說一句晚安，但是最後還是沒有送出，就讓這封短訊繼續停留在訊息匣裡。反正她也不會回覆，我又何必期待太多。

　　又何必再為自己鼓起勇氣傳送的一句「生日快樂」，而去期待及眷戀更多。

　　我輕輕呼口氣，將手機拋在床上，打算去洗澡。卻想不到，手機就在這時傳出了一下聲響。

　　是收到訊息的聲響。螢幕上顯示的名字，是林幸兒。

　　「謝謝你。你最近好嗎？」

　　我立即放下換洗的衣服，拿著手機雙手輸入：

　　「還不錯，你呢？」

　　「我也還好，我們很久沒見了呢」

　　「嗯。」

　　「不如找天約出來見面？」

　　看到林幸兒這樣回覆，我有點不能置信，但還是繼續輸入：

　　「好啊，你想約什麼時候？」

　　「下星期六的下午，你有時間嗎？」

　　「有」

　　「那麼，4:00，我們約在銅鑼灣時代廣場等 :)」

　　「好，到時見」

無奈的是，即使那一段曾經再苦再痛，你還是會義無反顧地讓自己再一次沉迷。

「 :) 」

我呆呆的看著螢幕，看了很久很久。

這個笑臉符號，我可以將之視為她並不討厭我嗎？

還是這只不過是禮貌性的回覆，就只是我自作多情⋯⋯

然後又過了很久、很久，我忽然意識到一件事情。

是從什麼時候開始，我竟然會將一個普通的笑臉符號視為奇蹟，是在哪次失望之後，我已經開始習慣了不敢再對別人有所期待，幾乎都要忘記了，自己也需要被別人注視，也是希望得到被另一個人好好珍惜的感覺⋯⋯

●　　●　　●

星期六，我準時到達時代廣場。只見林幸兒早已在等候，她今天穿著一襲淺色的碎花長裙，外披黑色的薄毛衣，穿著一雙黑色的慢跑鞋，感覺上她整個人都變得有一點成熟了，也帶著一種獨特的吸引力。

我笑著開口：「來了很久嗎？」

林幸兒輕輕搖頭，微笑說：「我也是剛到。」

「嗯，我們要找個地方坐嗎？」

「我想先逛一下。」

「嗯，你想逛哪裡呢？」

林幸兒沒有回答，只是對我又笑了一下，就邁開了步伐。

我跟在她的後面，不一會，我們就離開了時代廣場的範圍。

「聽說你進了科大的數學系呢？」林幸兒一邊走，一邊對我笑說。

「是啊，科大，很遙遠的科大。」我苦笑。

「上學的車程長嗎？」

「通常大約要一小時吧，要先搭地鐵到將軍澳站，再轉搭小巴。」

「為什麼不申請宿舍呢？」

「申請宿舍的要求很嚴格，我住在港島區，其實已經算滿好，我有些同學是住在元朗，如果真的從家裡出發上學，車程幾乎要兩個小時。」

「原來如此……那麼相比之下，你家離學校也不算是很遠了。」

「是啊。」我輕輕呼口氣，問她：「你呢，我聽說你進了城市大學的工商管理系，是嗎？」

「是啊。」林幸兒輕輕微笑。

「恭喜你啊，得償所願。」

「其實我應該要答謝你，從前幫我惡補數學。」

聽見她這樣說，我心裡有點意外。但我還是裝作如常，對她說：「但最後考得好不好，始終是看考生自己的努力與意志呢。」

林幸兒沒有回應，過了一會，她輕輕地說：「你還是跟之

還是會奢想，如果可以重新來過，最後會不會得到不一樣的結果。

前一樣，說話那麼體貼。」

　　我說話體貼嗎？其實我自己並不這麼覺得。

　　或許，我只是努力地不讓自己有機會去說錯一句話，別再讓這一個曾經在我身旁、我最珍惜的人，又從我的世界裡突然溜走。

　　之後林幸兒又問起我的大學生活，我們邊聊邊逛，漸漸遠離了人多的銅鑼灣區，不一會就到了灣仔碼頭。走到碼頭的入閘機，林幸兒拿出了錢包，笑著在我的面前晃了晃。我知道她是想搭渡輪到尖沙咀，於是也拿出錢包，用八達通付費入閘。因為今天是星期六，碼頭裡有很多等著搭船遊覽維多利亞港的遊客。

　　「你有多久沒有搭渡海小輪呢？」林幸兒問我。

　　「唔……都好幾年了，你呢？」

　　「大約一年多之前吧。」

　　「你喜歡坐渡海小輪嗎？」

　　「不特別喜歡。」

　　「那為什麼今天想來坐呢？」我問她，心裡同時覺得有點奇怪，因為如果是想搭船去尖沙咀做些什麼，那麼我們之前可以約在尖沙咀等，她也不需專程從家裡搭車來到銅鑼灣。

　　林幸兒微笑看了我一眼，沒有出聲，這時渡輪剛好駛到碼頭，我們默默的隨著人潮登上渡輪，然後在船上的前排座位就坐。不一會，渡輪啟航了，林幸兒說：「有一次，我曾經很不

開心，於是一個人從尖沙咀步行走到觀塘……」

「我記得啊，你有跟我說過。」

她轉頭看了我一眼，像是有點意外，接著她笑道：「原來我有跟你說過這件事嗎？」

「是啊，你說那次走了五個小時。」

「嗯，是啊，走了五個小時。」她低下頭來，看著自己的鞋子，說：「那天，我其實最初就是從銅鑼灣走到灣仔，再搭船到尖沙咀，在尖沙咀碼頭下船後，就繼續走到觀塘。」

我心裡一動，問她：「那你現在是想我陪你走到觀塘嗎？」

她抬起臉看著我，狡黠的笑臉裡，帶著一點挑戰的意味。

我不懂得如何拒絕，也不想拒絕。

「怪不得。」

「什麼怪不得？」

「怪不得你今天是穿慢跑鞋出來呢。」我苦笑說。

「被你發現了。」她向我做個鬼臉。

後來，我們從尖沙咀碼頭出發，從黃昏走到天黑，從五月開始聊起，途經紅磡、土瓜灣、九龍城、黃大仙、彩虹、九龍灣、牛頭角，在四小時三十七分之後，也在兩百六十四天之後，終於抵達觀塘碼頭，終於可以實現，與她一起觀賞對岸夜景的約定。

累嗎？是有一點累。

但只要看到林幸兒就在我的身邊，她看著我的溫暖目光，

後來你才發現，不是每一個人，都可以輕易地說再見。

我的內心就感到無比滿足。

之前的所有困苦，都彷彿一掃而空。

We're
just
strangers
with
memories

後來你才發現，不是每一個人，都捨得將曾經的深愛，化成一段不會再追尋的回憶。

03
/
離開

We're just
strangers with
memories

朋友也分很多種。有些朋友可以每天在電話裡或短訊裡聊天，有些朋友可以常常相約一起見面聚餐，有些朋友可以向對方分享生活的寂寞，有些朋友可以偶爾互相取暖、暫借一些不屬於自己的溫柔；有些朋友無論再怎麼親近、到最後也只會是一對普通的好友；有些朋友就算明知道最後結果只能夠如此、但仍是會死心塌地去做對方其中一個普通的朋友……

72

一個，即使如此，但還是不會再主動聯繫的普通朋友。

/2008

We're
just
strangers
with
memories

自從可以和林幸兒再重新交往,每一天都變得很忙碌。

不是說之前的日子不忙,只是現在除了上學、兼職與補習,所有剩餘的時間,都會與她用手機傳短訊。林幸兒現在也有在兼家教,主要是教小學生中文及英文。她的學生有三個,比我還要多。但是因為她想多存點錢,明年去日本旅行,所以即使有時真的很累,但還是努力支撐下去。

有時下課後,我會搭車到城市大學找林幸兒吃飯。因此和同學之間的聚餐、酒聚甚至假日的打籃球,我也變得不常出席。Samuel 曾經問我是否在戀愛,我搖頭說不是,他一臉不相信的神情,但也沒有勉強我說些什麼。

十二月的時候,我與林幸兒幾乎每天都會碰面,通常是一起吃晚餐,偶爾陪她去購物,或去看一場電影,或只是到海邊坐坐,談笑閒聊。然後到了聖誕節,我邀請她參加 Samuel 辦的聖誕 party。

林幸兒一直都對 Samuel 這個人很感興趣,不明白他如何可以同時間應付那幾個女朋友。

我告訴她,Samuel 的女朋友們似乎都互相知道彼此的存在,只是一般來說不會有互相碰面的機會(因為 Samuel 根本不會容許這情況發生)。問題是,這次 Samuel 說要辦聖誕 party,他的女朋友們都會參加嗎?如果知道的話,她們會想以女主人的身分出席,也是合乎常理吧?因此大家都很好奇,聖誕節當晚會發生什麼情況,會不會有四女共搶一男這種鬧劇出現。

那天晚上我們去到 Samuel 在西貢的家。他的家是一幢三層的別墅，因為他的家人都去了國外旅遊，獨留兒子一人在家中，實在太危險了，所以他才邀請同學朋友到他的家搞亂——這是 Samuel 自己的說法。我猜他其實是被四個女朋友纏住，才無法跟家人一起出國。

　　原本以為，他那四位女朋友會同時現身，這樣我就可以請林幸兒幫我分辨她們之間的差別；但是後來，那些女朋友一個都沒有出現，而男主人 Samuel 身邊，整晚就只是出現一個比她們更漂亮的女生。最後我才明白，原來他早已換了新的女朋友，大家所擔心或所期待的鬧劇場面，根本就是自我腦補、想得太多。

　　Party 結束之後，已是深夜了，我和林幸兒走到巴士站，送她回家。

　　這一個月，每次和林幸兒約會之後，我都一定會送她回家。她最初有說不用送她，但最後她還是拗不過我的堅持，漸漸她就不再拒絕，漸漸也就變成了習慣。是因為風度嗎？還是因為擔心她的安全？是的，但也不全是；其實我只是希望，可以擁有更多與她相處的時間。

　　即使，我和她還只是朋友的關係。

　　「真好呢。」

　　在等巴士的時候，林幸兒忽然說了這一句話。

　　「好？好什麼？」我笑問。

有時我們以為是彼此相配，但其實只是我們認命如此。

「我說，真好呢，你有那麼多朋友。」

「也不是很多，有些是朋友的朋友，有些是打籃球時認識的，很多其實只是點頭之交。真要說的話，是 Samuel 交遊廣闊，才可以邀請到這麼多人。」

「他是一個有趣的人。」林幸兒輕輕笑了一下，但接著她又說：「不過不是適合做另一半的人。」

「要怎樣才適合呢？」我裝作如常地問。

「最起碼，不能花心。」她搖搖頭。

「這是最基本的條件吧。」我也搖了搖頭，心裡卻有一道聲音說：我不會花心。

「是啊，所以我才說，他不適合。」

「那麼，符合你的條件的人，可以有很多很多呢。」

「哈哈，也許吧，但有時候，你覺得適合的對象，不等於就是你喜歡的人。你喜歡的對象，又不等於對方認為你是適合的人。」

「施主，你這一番話，彷彿暗藏唏噓啊？」

「悟能，是你想得太多了。」林幸兒笑著搖頭。

「聽說之前你暑假打工的時候，有很多人追呢。」

我鼓起勇氣，讓自己說了這一句話。和林幸兒重新交往的這兩個月，我們曾經聊過不少事情，關於學業、關於家人、關於生活、關於工作；但對於感情方面，她是從來沒有半點談及，是因為沒有什麼好談，還是她也跟我一樣，不知道應該如何打

開提問的缺口？我不知道。

林幸兒聽到我這個問題，臉上微微紅了一下。我笑看著她，她反而表現得有點不知所措。過了好一會才問：「你是聽誰說的啊？」

「程曉彤囉。」

「啊，你近來跟她有聯絡嗎？她最近好嗎？」

「偶爾會跟她用短訊聊天，但畢竟有時差，她在線的時間我通常都在上課，聊不到幾句。」

「嗯，還能保持聯絡，已經不容易了。」

「啊，你別誤會！」我看到她低下頭來，神色像是有點落寞，連忙說：「我跟她只是朋友，就只是朋友！我們之間沒有其他感情啊！」

林幸兒被我緊張的反應弄得忍不住笑了起來，她說：「我知道了、我知道了，你們就只是朋友，沒有其他，你不用這麼緊張……」

聽到她這樣說，我才察覺到自己的失態。那刻我心裡真的有點窘，幸好就在這時候，巴士來了。林幸兒又笑著看了我一眼，就取出錢包搭上巴士，我也正好讓自己呼一口氣，調整心情。

在車廂裡坐下，最初我們兩人都沒有說話。過了一會，林幸兒忽然開口：「傻瓜，為什麼剛才你這麼緊張？」

我轉過頭，看了看她，然後我看回車廂前方，輕吸一口氣，

有時我們以為非對方不可，但其實只是我們入戲太深。

說：「因為我不想讓你又再誤會了一些什麼。」

聽到我這一句話，林幸兒沒有作聲，什麼也沒有問我。我依然看著車廂前方，深夜的道路上車輛稀少，夜色不斷往後飛馳，不知不覺，巴士就從西貢駛進了市區。然後就在一個紅燈之前，巴士停下來了。然後就在這個時候，林幸兒的頭輕輕靠在我的肩上⋯⋯

「對不起。」

她說。

我沒有問她，為什麼要說對不起。

也許我是應該要問她。

只是當我輕輕低下頭來，看到她合上了雙眼，一臉安詳地睡著了；我告訴自己，又何必一定要在這一晚，將一切都說清楚。

何必讓這一份難得的福蔭，因為一句話而輕輕溜走。

•　•　•

2009 年 1 月，發生了幾件重要的事。

我的妹妹小雪，有天竟然在沒有任何預告之下，帶了男朋友回家。那天晚上我們一家人原本預定在家裡吃晚飯，小雪卻遲遲未歸。正當老爸要我打電話找她，小雪就剛好回來了，後面還跟著一個和小雪穿著相同款式校服的男生。

「他叫余文杰，是我在一起兩年的男朋友。」

小雪就只是這樣介紹，然後就要余文杰坐下來跟我們一起吃飯。

最初我有點呆住，老媽卻發揮她向來的好客之道，熱烈招呼那一個一臉靦腆的男生。

但老爸呢，原本最初他也是跟我一樣呆住，只是之後他的臉色卻變得越來越難看、不發一言，我就只有小時候一連三次測驗都拿了零分時，才看過他這麼生氣。但我相信老爸其實已經盡了全力忍耐了，因為他是等到那個余文杰在晚飯離開了以後，才大聲咆哮發作：

「為什麼要帶那個男生回來？」

小雪雙眼一翻，回道：「因為我想介紹他給你們認識啊。」

聽見小雪這樣說，我就知道要爆發世界大戰了。果然老爸接著怒罵：「我不是說過嗎，念中學時不准談戀愛！」

這是我們家的不成文規定，只是我們兄妹一向都陽奉陰違。不過就算之前我曾經帶女生回家，也會選擇在老爸不在家裡的時候，避免與他硬碰硬。

小雪無奈地嘆了口氣，說：「爸，這根本就是專制啊，根本就沒有道理。不如你先解釋一下為什麼念中學時不准談戀愛？」

「你整天都只顧著戀愛，那還有什麼時間溫習、應付考試！」

你知道嗎，世上最美好的風光，就是與你一起走過的那些時光。

「我會兼顧好兩方面的，你可以對你的女兒有多點信心嗎？」說完，小雪苦笑了一下。

「那如果兼顧不了怎麼辦？我不是不准你談戀愛，但是要等到大學之後才可以，知道嗎？」

「那讀了大學難道就會立即變得能夠同時兼顧學業與戀愛了嗎？」小雪看了我一眼，我也白了她一眼，她根本有心害我，雖然我心裡也同時冒起了這個想法。

老爸似乎不知道應該如何回答，因此也變得更生氣，最後他大吼：「總之我就是不准！」

「爸。」過了一會，小雪輕聲地說：「我不是不想聽你的話，只是，我真的喜歡了這個人啊，是很認真的喜歡，就連我自己也無法控制。我真的不想再欺騙你們，所以我才帶他回來讓你們認識。」

後來，爸沒有再作聲。

只是之後，他與小雪兩人，很久都沒有再交談。

我將這件事情告訴了林幸兒，她聽完後，一臉敬佩地說：「你妹妹好勇敢啊。」

「是嗎，我覺得她有點亂來。」我苦笑。

「或許是有點亂來，但是她決定這樣對你們坦白，我相信她是付出了不少勇氣，也得到她男朋友的支持，才可以做到呢。」

我抬頭想了一想，開始有點認同她的說法。如果我是她的

男朋友，知道對方的老爸一定會反對我們戀愛，我可能未必有勇氣就這樣跟她回家。我會選擇再多等一年，等兩人都升上了大學，才名正言順地去見家長。

「如果是你，你也會這樣嗎？」

她看著我，臉紅紅地問：「會怎樣？」

我向她做一個鬼臉，說：「帶你的另一半回家，讓你媽認識。」

「她？」她輕輕嘆了口氣，說：「她根本不會在乎吧。」

我有點後悔自己說錯了話。這一年，她與母親的關係變得越來越差，只是她從來不會主動向我提及。偶爾留意到她心情不好，通常也是與母親有關。每次我都不知道應該怎麼安慰，於是我盡量避免刺激她的痛處。

「對不起。」我連忙說。

但林幸兒就只是笑著搖了搖頭，不再讓我探看，她雙眼裡的勉強。

第二件重要的事，是與我的工作有關。

便利商店的兼職，原本最初是為了賺取付給程曉彤的邀約費而開始的，之後變成了我紓解考試壓力的活動，也陪我打發了無數寂寞苦悶的時光。

只是隨著我的經驗累積遞增，店長交付給我的工作也越來越重、越來越繁瑣。例如日常的貨物盤點、跟各大供應商下訂單補給存貨，又例如店裡的冰櫃壞了、冷氣機與冰淇淋機的定

期清洗、甚至是洗手間的馬桶淤塞，都交給我去處理或請人去處理……

　　這些小事，原本我都算了。但到了近來，店長還希望我幫忙處理店裡的會計與文書事務，希望我替他在電腦裡為每個員工建立一個工作表現檔案，以方便他計算薪水、全勤以至年終獎金……

　　「喂店長，我只是一個每星期上三天班的兼職啊，為什麼我要負責這些事情？」

　　「阿風，就拜託你幫幫忙吧，你又不是不知道，我們店裡一直都缺人，我一個人也處理不了這麼多事務啊。」店長話雖如此，但他的雙眼卻是一直盯著電腦上的訂單資料。

　　「難道我就跟你有所不同，擁有三頭六臂了嗎？」我冷笑。

　　「你別這樣說啦，我知道你也有壓力，如果我加你七成薪水呢？」

　　「七成？」我嚇了一跳。雖然比起幫中學生家教來說，便利商店的兼職薪水其實算不上什麼，但我也知道，如果兼職的時薪再調高七成，那可是全職員工也比不上的收入。

　　「店長，你的狀況似乎真的很艱難呢。」我說。

　　「你知道就好。」店長看了我一眼，又問：「那你會答應嗎？」

　　「讓我再考慮一下，好嗎？」

　　「好，但你要先幫我做好這個月的收支報告。」

下班後，我打電話問林幸兒的看法。

　　她聽完後，沉默了好一會兒，因此我可以清楚聽到她身後的嘈雜音⋯⋯嗯，我猜她現在是正在唱KTV。她說：「如果你想幫他，就答應他的條件吧。」

　　「但如果答應了他，之後我就會變得更忙了啊。」

　　「傻瓜，你不是想多存一點錢去旅行嗎？」

　　「對啊⋯⋯」

　　我沒告訴林幸兒，想多存一點錢，其實是希望能夠與她一起去日本旅行。

　　「那這也是一個機會呀，為了將來，你就趁現在努力一下吧。」林幸兒笑著說，這時手機也傳來了歌曲播放的聲音，好像是五月天的〈你不是真正的快樂〉。

　　「嗯，那就這樣吧。」我讓自己笑了一下，然後又問：「你是在唱KTV嗎？」

　　「對啊⋯⋯嗯，不跟你談了，晚點再打給你。」

　　「好，拜拜。」

　　「拜拜。」

　　我按下終止通話鍵，抬頭望向夜空，一點失落的感覺，在心裡悄悄蔓延。

　　是的，多賺點錢，也是好的。她的支持，也是為我著想，其實也是好的。

　　就只是跟我預期的反應並不一樣，就只是跟我想要的反應

疲累的是，熱度一點點地流失，但還是要繼續努力前進，尋覓那點未必存在的光。

並不一樣而已。

．　．　．

然後，第三件事。

就是……

林幸兒戀愛了，跟一個我不認識的男生，在一起。

．　．　．

我是直到很久很久之後，才知道這一件事情。

有一天，在打完籃球後，Samuel 跟我說，在街上看見林幸兒跟一個男生在一起，而且神態親密。

「是你看錯了吧？」我語帶不信，看著球場還在進行的比賽。

「對於女生，我是從來都不會看錯的。」Samuel 卻認真地說。

「那麼他身邊的男生是怎樣的呢？」

「嗯，感覺像是有點成熟吧，長得比我們還要高，但我覺得……」

「覺得怎樣呢？」

「他跟林幸兒一點也不配呀。」Samuel 一臉輕蔑。

「我還是覺得你是認錯人了。」

話雖如此，但那陣子，我與林幸兒的關係，也是變得有點距離。

偶爾打電話給她，她會沒有接聽，過了很久才會回電，說話的時候，總是有點心不在焉。

再認真一想，已經有差不多一個星期，沒有和她見過面了。

我拿出手機，打開林幸兒的通訊匣，也沒有看到她在線。

「這個星期天有空一起去看電影嗎？」

我發送了這一個訊息給她。

後來她很久都沒有回覆。晚上，我再傳了另一個短訊給她，說：

「店長突然要我星期天幫他代班，我想我不能去看電影了」

我拿著手機，看著，等著。

不一會，林幸兒在線了，然後這樣回覆：

「沒關係，加油:)」

接著，她又離線去了。

到了星期天，我早上在家看了好幾小時的筆記，感到有點疲累，於是就一個人到街上走走。因為是假期，路上都是逛街的人，我盡量避開人潮，越走越遠，卻在不知不覺間，走到了灣仔，去到灣仔碼頭。

其實根本就不可能會在這裡碰到她的。

我搭上渡海小輪，去到尖沙咀，心想，這次也是要步行到

有些事情，不是付出更多努力，就能夠得到回報。

觀塘去嗎？我站在尖沙咀鐘樓下茫然了一會，最後還是搖了搖頭，決定先到附近的麥當勞吃午餐。

用完午餐後，忽然想起很久沒有看電影了，於是走到附近的海運戲院，看看最近有什麼電影放映。然後，就在我排隊等候買票的時候，背後傳來了一對男女的聲音。

「你想吃爆米花嗎？」

「不用了，謝謝。」

這道女聲，很耳熟。

然後，背後的男生繼續問：「那要喝什麼嗎？」

「嗯⋯⋯我想喝青蘋果綠茶。」

「青蘋果綠茶嗎，不知道這裡有沒有呢。」

「如果沒有也沒關係，喝其他也行。」

「不，女朋友想喝的飲料，就算再難買到，作為男朋友還是要想方法去買回來的。」

聽到這一句話，我忍不住微微轉過頭，看看在我身後的那一對男女。

只見那男生，身形高瘦，戴著一副黑框眼鏡，有點文藝氣息。

而那女生，長髮及肩，正看著男生甜甜微笑。

我又怎會不認得這一抹微笑。

但那一刻，我寧願自己從來沒有認得這一個人。

後來，是怎樣逃離戲院，我已經記不清楚。

　　只知道，他們應該看不見我，只知道，他們的眼裡根本不可能會有我。

　　後來，我一直走一直走，沿著海邊，離開了尖沙咀，走過佐敦、油麻地、大角咀，最後走到一個叫浪澄灣的地方，天色已經開始昏暗下來，但是雙腳始終不覺疲累，內心的難受感覺始終未能沖散半點。

　　我看著遠方已經落下的夕陽，寂寥的感覺一點一點在心裡蔓延。我拿出手機，沒有任何未接來電，也沒有收到林幸兒傳來的短訊。

　　原來逃得再遠，走得再累，未必真能夠忘掉什麼，就只會讓自己變得更孤單，更想念那一個，此刻不會想念自己的誰。

　　是的，其實我又算是她的誰呢？

　　就算這幾個月來，我是與她最親近的人，每天都會跟她講電話、傳短訊，每星期都會見好幾次面、會一起吃晚餐一起逛街一起看電影一起看海看星星，一起暢談遙遠的未來，一起夢想，畢業後要做什麼工作，我們要完成哪些理想⋯⋯

　　但原來，她的理想裡，並不一定會有我的存在。

　　若是如此，那為什麼，我還要這樣繼續執迷下去，還要喜歡下去⋯⋯

就好像如何喜歡一個人，就好像如何忘記一個人。

為什麼，她最後喜歡的會是別人，為什麼，和她在一起的人始終不是我……

• • •

　　「其實呢……」
　　「嗯？」
　　「你常常陪我去吃晚餐、逛街，不會覺得悶嗎？」
　　「不會啊，我也喜歡逛街呀。」
　　「但每次我逛服飾店，你都會一臉沒精打采的表情……」
　　「咦，有嗎？」
　　「你不用裝，明明就有。」
　　「沒有啦，坦白說，這幾個月常常跟你逛服飾店，也讓我多明白一點女生的穿衣喜好。」
　　「……我有什麼穿衣的喜好啊？」
　　我喝了一口咖啡，沉思了一會，然後回道：「例如，以前我會想，女生穿裙子會比較好看，但陪你逛服飾店時，你總是喜歡試穿各種褲子，牛仔褲、西褲、休閒褲等等，也穿得很好看，這才明白，女生穿裙子才好看，原來都是我的先入為主。」
　　「還有呢，我還有什麼穿衣喜好？」
　　「唔……這個也說不上是穿衣喜好，是關於頭髮的。」
　　「頭髮？」

「偶爾你會將頭髮盤起來，繞成髮髻吧。」

「是啊。」

「我發現，你有七種款式的髮髻，是嗎？」

她的臉上微微愣住，過了一會，才輕聲問：「你是怎麼知道的？」

我對她做了個鬼臉，回道：「其實有一次，看到你繞的髮髻有點特別，好像很複雜，但配上你當天的衣著，又有一種成熟的氣質。所以之後我就開始留意你的髮髻了。」

「但你竟然留意到有七種……」

「其實最初我以為有五種，畢竟我對髮髻款式本身並不熟悉。直到有一天，我開始留意到，你繞成不同的髮髻時，原來也會使用不同款式的髮夾、髮帶或橡皮筋，我這才分清，原來你有七種紮髮髻的手法。」

林幸兒呆呆的看著我，雙眼帶著一點難以置信、又彷彿蘊含一點憐惜的感覺，讓我有點難為情。她說：「謝謝你這樣留意我的髮髻呢。」

我感到她的語氣有點淡然，連忙說：「我也不是故意去留意的，希望不會對你造成困擾，你就繼續隨你自己喜歡去紮髮髻吧。」

「沒有啊。」

「沒有？」

「我沒有不喜歡。」她微微笑了一下。

逃得再遠，未必真的能夠忘掉什麼，有時反而會讓自己變得更孤單。

「真的？」

「真的。」

「那就好。」我呼一口氣。

只是之後，林幸兒好久都沒有說話，就只是一直看著咖啡店外的路人，一直一直看著。

• • •

是從什麼時候開始，她和那個男生在一起？

是從最近她開始少了去找我的時候開始？

是從有一次她沒有接聽我電話的時候開始？

是從她每天晚上都在通訊軟體在線、但不是和我在傳短訊的時候開始？

是從那一次和她見面後、她說不用送她回家的時候開始？

是從那一次，我如常地看著她微笑，但是她輕輕移開了目光，像是不想面對我的時候開始？

是從那一次，在看電影時，我輕輕靠著她的肩膀，她輕輕地退開了的時候開始？

是從那一次⋯⋯

我們坐在海邊聊天，夜已深了，風也靜了，我對她說，這一段日子是我人生中感到最愜意的日子，她問我為什麼，我就只是看著她，沒有說話；然後，她垂下了眼，也沒有再問。那

時候我曾經以為，她應該明白我的心意，她也是跟我一樣有著這份感覺，她也是喜歡著這一個如今與她一起看海的人。但原來，這一切都只是我想得太多，都只是我自己一個人妄想要得到太多。

原來，她那個時候的表情，並不是害羞或歡喜，並不是期待我有進一步的表白或行動，原來就只是還不知道，應該如何向我開口，應該如何讓我明白她的真正想法。

原來，在那些時候之前，我其實早就已經被取消資格，不可以再靠近，不可以再與她交心，不可以再得到讓她喜歡的資格。

• • •

那天夜深，林幸兒打了電話給我。

很想接聽，但是最後我還是沒有接聽。

之後，她沒有再打電話過來。

第二天，她傳我短訊說，她找不到我，問我是不是發生了什麼事。

我也沒有回覆。

她應該可以看到我有在線，就只是我沒有給她回覆。

之後，她也沒有再傳短訊過來。

我問自己，這樣子的反應，會不會讓她覺得我很小器。

然後，越是忘記，越會記得清楚；越是念記，越會換來空虛的感覺。

只是，我真的已經沒有力氣，再繼續為她堅持下去、或假裝下去。

　　或許自始至終，林幸兒就只是把我當成一個朋友。

　　而朋友也分很多種。有些朋友可以每天在電話裡或短訊裡聊天，有些朋友可以常常相約一起見面聚餐，有些朋友可以向對方分享生活的寂寞，有些朋友可以偶爾互相取暖、暫借一些不屬於自己的溫柔；有些朋友無論再怎麼親近、到最後也只會是一對普通的好友；有些朋友就算明知道最後結果只能夠如此、但仍是會死心塌地去做對方其中一個普通的朋友……

　　一個，即使如此，但還是不會再主動聯繫的普通朋友。

· · ·

　　那天之後，林幸兒沒有再找我。

　　我原以為，她過了不久後就會再次主動來找我。但當我每天醒來，總是會對著手機茫然，總是以為會再收到她的訊息、然後卻又讓自己再一次希望落空，總是會想，自己如今離她到底有多遙遠，總是會苦笑，其實我是不是在自討苦吃，總是會亂想，其實我可以繼續假裝去做她的朋友、繼續如常地主動與她聊天說笑，總是會後悔，自己為什麼會錯過了這一個人……

　　我才開始發現，她不會再來找我了，我也已經再沒有去找她的理由或藉口。

我喜歡她，但是我沒有告訴她，她也沒有拒絕過我。

但有些事情，並不一定真的要說出口，才可以傳達給對方知道。

就例如，我沒有回覆她，她便會知道，我是有心要避開她。

然後，她沒有再找我，我應該明白，她也是不想再來打擾我。

當我之後一直都沒有找她，也就是代表，我是真的想要和她疏遠，想從此放下她這一個人。

然後，當她也沒有再來找我，也就是等於，她如今也有著她應該要過的生活，也有其他更重要的人與事情，在等著她去珍惜與守護……

在 2 月 14 日那一天，她在臉書上，公布她與一個叫王家宏的男生在一起了。

我點進那個王家宏的臉書去看，就是那天我在戲院裡碰見的眼鏡男，看他的個人資料，他應該是林幸兒的大學同學。

他們的朋友與同學都紛紛留言，恭喜他們有情人終成眷屬。

我讓自己微笑了一下。

這就是，她給我的答案吧。

就算我從來沒有開口表白過。

但我不找她、她也不找我，這就等於是說，這一份喜歡，是真的不應該再這樣無止境地延續下去。

再如何不甘難受疲累失意皺眉困惑絕望消沉麻痺看淡，最

直到很久以後你才明白，他原來是想用無聲的疏遠，來向你說再見，不要再見。

後，也總算是得到了這一個答案，一個不想接受、但也只能慢慢面對的結果。

· · ·

七月，程曉彤回來過暑假，我們見過一次面。

「一年沒有見你，你好像變成了另一個人呢。」

在咖啡店裡，程曉彤一臉打量的神情，看著我如是說。

「這句話，應該是我對你說才是吧。」

我看著眼前的程曉彤，說真的，剛才來到咖啡店時，我曾經有過一絲猶豫，這一個女生，是不是真是我所認識的那個朋友。

如今的程曉彤，跟從前很不一樣，頭髮留長了、而且還是捲髮；戴著一副圓框眼鏡，臉上化了一個淡妝，我以前從來沒有見過她這樣打扮過。這天她穿著淺藍色的吊帶長裙，腳上踏著一雙涼鞋，跟我在印象中她以前常常穿 T 恤牛仔褲球鞋的打扮完全判若兩人。

所以，即使在兩秒鐘過後，我知道眼前的人就是我已經認識了七年的舊同學，但我還是呆住了不懂得反應；反倒是程曉彤一開口，就說了我心裡原本最想要說的話。

和她寒喧了幾句，我向服務生點了飲料。她看著我好一會，忽然笑說：「雖然外表有些地方跟以前不同了，但內在好像並

沒有太多的改變呢。」

「例如呢？」

程曉彤卻輕輕搖了搖頭，問我：「這一年來，有發生過什麼事嗎？」

「也沒有什麼特別，就跟之前在 Email 裡告訴你的差不多，每天都是上學、打工、幫學生家教、去打籃球。」

「但你後來都沒有回覆我的 Email。」程曉彤皺起眉頭，我竟然覺得她這個表情，帶著一點可愛。她說：「我想若不是我在 Email 告訴你、我放暑假回來了想約你出來見面，你是不會回覆我的 Email 吧。」

「抱歉，這半年真的有點忙。」

「在忙什麼呢？你剛才不是說每天都是那樣子，上學、打工、幫學生家教、打籃球嗎？」

我輕輕地呼了口氣，稍稍調整了一下自己的坐姿，服務生這時送來了咖啡，我用咖啡匙微微攪拌了一下，對她說：「我現在是自己一個人住，你知道嗎？」

程曉彤有點呆住，她說：「沒看到你在臉書提過呢。」

「是啊，我沒有提過。」

「是什麼時候搬出來住的？」

「大約是三月初的時候。」

「新家在哪裡？我可以去參觀或搞亂。」

程曉彤開玩笑說，我也讓自己笑了一下，回她：「在九龍

直到後來，你終於學會不動聲色地思念那個人，只是他也不會有任何在乎。

城。」

　　然後，她臉上的笑容變得有點僵住了。

　　「為什麼會選在九龍城？」她問。

　　「我也不知道。我原本不是選擇九龍城的。最初，我想搬出來住，是因為有一天忽然覺得，每天花兩小時的時間來回學校，實在太花時間。我跟爸媽商量，他們答應讓我搬到外面、租一個地方住，前提是我要自己付房租，每星期要回家吃兩次晚餐。於是我就開始去找房子。我心目中想找的地區是觀塘區、彩虹區、將軍澳區、西貢區，回校的時間都是在半小時以內；住的地方也不需要太大，只要有獨立浴室，能夠放一張床、衣櫃、書桌、小沙發、電視機，就已經足夠。可是看了很多間房子，還是覺得不合適。」

　　「找到合心意的房子，有時並不是想像中的那麼容易呢。我在美國的時候，跟男朋友想搬離宿舍、於是到外面去找房子，也是找了很久才找得到。」

　　「啊，原來你已經有男朋友了。」

　　「我在 Email 裡有說過這件事啊。」程曉彤一臉沒好氣，然後又問：「之後呢，之後你是如何找到現在的房子？」

　　「後來有一天，我在九龍城亂逛時，無意中經過一間房仲公司，看到店外的租屋廣告，是一房一廳的房子招租，而且還附設一個不小的露台。我走進了房仲公司查詢，剛好業主就在裡面，他馬上帶我去看樓，覺得一切都很不錯；於是我就付了

房租，成為了房客。」

「就這樣簡單？」

我點點頭，程曉彤還是一臉啞然的表情。

「九龍城不是沒有地鐵站嗎？你上學的時間應該要更久吧？」

「是啊，同學們來我喬遷趴的時候，都問我為什麼要住在沒有地鐵站的九龍城。但我自己也不知道是為了什麼原因。最後我跟他們笑說，我是因為喜歡樓下『合成糖水』的『清心丸配腐竹糖水』，所以才會搬到這裡，結果他們都取笑我貪吃，還替我改了一個暱稱叫『清心丸』。」

程曉彤怔怔地看著我，說：「其實你並不是真的喜歡吃『清心丸』吧。」

我微微笑，沒有回答。

「你現在還是在便利商店打工嗎？」

「是啊。」

「那你從九龍城到銅鑼灣的便利商店上班，也會很花時間吧？」

「如果將等車以及塞車也計算在內，通常每趟車程要四十五分鐘的時間吧。」

「那不是更花時間嗎？而且車資也不便宜吧。」

「我已經習慣了，除了房租，平時我也沒有什麼重大開支。」

你應該明白，有些思念，從來都是不著痕跡。

「但看你現在一身名牌衣服……」

「哈哈，這是我大學的一位同學強迫我這樣穿的。他叫Samuel，老是說要介紹女孩子給我認識，但又要我先改變一下穿衣的品味，於是就被他拉出去買了幾次衣服，雖然他介紹的都是名牌，但因為他是 VIP 會員、買衣服都有折扣，而且也總是在促銷的時候才去買，所以其實也不是花了很多錢。」

「那就好。」程曉彤喝了一口咖啡，又問：「那後來有認識到女孩子嗎？」

「女孩子……嗯，有認識一些。」

「是怎樣的女孩子呢？」

「其實她們大多都是 Samuel 女朋友 Rachel 的朋友。Rachel 是一個不錯的女生，她認識的朋友也都跟她一樣，都是溫柔可愛的女孩子，都對我很好。但我總是感到自己無法投入其中。」

「是你想得太多了吧，難得有女生對你好，你應該要感到三生有幸、感激涕零才對嘛。」程曉彤對我做了個鬼臉。

「是啊，其實應該是的。」我呼了口氣，問她：「你記得我們讀中學時，隔壁班的沈小嵐嗎？」

「是說你的初戀女朋友嗎？」

「你還記得。」我微微苦笑。

「那時班上都傳得沸沸揚揚，說你追到了隔壁班的班花，直到有天我下課後看到你們一起搭上巴士，我才知道原來傳言是真的呢。」

「其實我們只是在一起很短的時間。」

「但為什麼你提起沈小嵐呢？難道你又再遇上她嗎？」

我搖搖頭，說：「在 Rachel 所介紹的女生當中，其中有一位叫 Tiffany。她人很好，很懂得如何與人相處，會讓人一點一點地對她打開心扉。和她在一起，你不用煩惱要準備什麼活動，要對她說一些逗她歡喜的笑話，你就只需要做回你自己，她也不會勉強你去迎合她做些什麼。我試過與她在一個假期的下午約出來見面，然後就只是坐在咖啡店裡看書、看雜誌，幾小時裡沒有談過太多的話，她也沒有嫌悶說要離開；後來我無意中知道她那天原本是打算去逛街購物，她也只是笑笑說什麼時候都可以去逛街、偶爾看書沉澱一下也是一種生活的調劑。Samuel 提醒我，Tiffany 是因為對我有好感、才會一直如此主動與遷就，我卻不知道應該如何拒絕她。越是與 Tiffany 相處下去，我越是會想起沈小嵐這一個人。和她在一起，我知道可以很快樂，但我時常都會反問自己，那是不是我真正想要的快樂？」

「其實我覺得……」

「嗯？」

程曉彤微微苦笑了一下，說：「其實我覺得，你可以選擇只是跟自己最喜歡的人在一起，但偶爾也可以試試，去喜歡那些願意一直陪在自己身邊的人。」

「真的可以嗎？」我認真地看著程曉彤。

「我想，沒什麼不可以的。」她嘆氣。

也許有天你終於學會心淡，但有些傷口，卻可以留很長很長時間。

「或許有天我真的可以吧，但現在我做不到。」我拿起咖啡，微微喝了一口。過了好一會，我繼續說下去：「有天，Tiffany 約我出來看電影。電影散場後，我們隨意散步，在海邊坐了下來。然後有一刻，她忽然輕輕靠在我的身邊，我卻立即退開了。她看著我，我也回看著她，對她說了一聲『抱歉』。她卻搖頭笑了一下，接著說：『你終於拒絕我了。』」

「那你之後怎麼回應她？」

「我對她說，抱歉，我心裡還有著另一個人。怎知她又笑了一下，對我說，其實她早就知道了。她說她早就發現這個事實，因為如果一個人心裡藏著另一個放不下的人，他的眼神也會與其他人有一點分別。」

「是怎樣的分別呢？」

「就好像是，總是看著一個很遙遠的地方，即使別人就站在他的面前，他雙眼的焦點，總是不會放在眼前人的身上。」

「這個說法，好像有點玄呢。」

「我也是這樣覺得，只是後來我再回想，Tiffany 說的這種眼神，其實我也曾經在一個人的眼裡看到過。」

「是誰？」

「林幸兒。」我輕輕呼了口氣，今天還是重提了這一個名字。「自那天起，我就開始不停回想，當我在林幸兒身邊的時候，她眼裡所看著的人，真的是我嗎？有時好像是的，她的笑臉、她的溫柔，都是因我而起；但有更多時候，她看著的不是

眼前的我，而是好像看著某些遙遠的過去，或是某一個如今不在她身邊的人；只是可能連她自己也未必有所自覺吧，又或者，她已經讓自己適應了這一種迷失，寧願不去認定自己還在思念誰，總好過自己因為太清楚再也不能見到某個人，反而讓自己變得更痛苦。」

程曉彤一直沒作聲，就只是讓食指輕輕地按著桌上的咖啡匙，一下又一下的按著。在按到第十七下的時候，她說：「其實你還是放不下她吧。」

說放下，其實是怎麼都放不下的。

別人都說，我應該要放下，應該要看開一點。每次我嘴裡都說我會放下、沒有什麼事情放不下，只是心裡還是會反而更加難過。

為什麼一定要自己放下？是我做得不對嗎，是我不應該還留戀嗎，是不是自己這個人有什麼問題⋯⋯越是亂想，越會感到壓力；勉強自己不要再想，又會怕自己繼續放不下。漸漸，會寧願不要向別人表達自己的情緒或感受，不想別人擔心，也不想讓自己更難過。

但是那些難過，其實只是被你埋藏起來而已。

然後，偶爾，在無人的夜裡發作，讓你以淚洗面，偶爾在別人無意間談起她時，直刺你的心房。而你的所有力氣都花在偽裝之上，再也沒有餘力與空間去抒發自己的感受，越是勉強，越是無法放下，到頭來還是會反問自己，自己為什麼還是不能

101

We're
just
strangers
with
memories

其實並沒有真正的忘記吧，就只有如何不經意地放下。

好好放下，為什麼還要對那些不應該再想起的人與事太過在乎。

「或許放不下，才是合乎常理吧。」我輕輕地笑了一下，對程曉彤說：「如果可以就這樣放下，我那些喜歡，其實也不外如是吧。」

「我覺得啊，如果有天真的可以放下，也不等於那些有過的喜歡與認真就會變成不值一提呢。」

我不置可否，拿起咖啡來喝。過了一會，程曉彤這樣問道：

「你想再見她嗎？我明天會見林幸兒，你要一起來嗎？」

其實沒有真正的放下，也不會有真正的好起來，一切也是一個過程，好壞交替，連綿不息。

04

回頭

We're just
strangers with
memories

「最累的是，每天醒來，你都會反問自己，是要繼續堅持下去，還是要從此放棄。」

「然後每晚夜深，在你想了很多很多遍之後，你又找到一個不同的答案……是這樣嗎？」

她怔怔地看著我，驚呼：「你真的很明白我啊！」

我微微笑了一下，心裡想，不是我明白她，而是我也經歷著這種情況而已。

／ 2009

We're
just
strangers
with
memories

如果有以下兩種情況：

可以每天見到心愛的人，但是他不可能會跟你在一起；

還是，寧願以後不要再見，即使你其實很捨不得這一個
人……

你會如何選擇？

· · ·

「當然是不要再見吧。」

Samuel 說完，將籃球輕輕投出。籃球以完美的拋物線落進籃
框。

108

We're
just
strangers
with
memories

「即使你很喜歡那個人？」我問。

「就算再喜歡一個人，也不等於要讓自己變得更加委屈。」
Samuel 看著我，苦笑說：「你可以繼續喜歡下去，但得不到的
人，這樣的喜歡也始終會有完結的一日。」

「是可能會有完結的一日，但那天也不知道會在什麼時候
出現，是嗎？」

「其實再怎麼說也好，你心裡都已經有了一個決定了，不
是嗎？」

是的，我是已經決定了。

後來我還是沒有答應程曉彤的建議，和她一起去見林幸兒。

並不是我不想見她，而是，我不想自己如此輕易就回頭。

她如今，應該也已經談著一段不錯的戀愛，應該也有她自己的快樂日子。如果我現在就這樣回頭，那就名副其實是自討苦吃吧。而且回想最初，我是為了什麼而決定遠離她？

　　是為了，她最後沒有選擇我，是為了，她一直都沒有向我坦誠，是為了，我原來只是在自作多情，是為了，我其實又算是她的誰⋯⋯

　　是為了什麼原因都好，如今我是不可以再如此輕易就回去了，我也再沒有可以回去的理由。

　　即使其實，我是有多想念林幸兒，想再次見到她的笑顏。

• • •

109

We're
just
strangers
with
memories

　　偶爾有空，我會走到福佬村道的「公和荳品廠」，吃一碗豆花。

　　偶爾夜裡，我會到九龍寨城公園散步或是慢跑。

　　都是在林幸兒的家附近，都是我以前送她回家時，會經過的地方。

　　自我搬來九龍城後，竟然一次也沒有在路上碰到林幸兒。

　　最初，我是既期待又害怕。

　　期待的是，能夠在路上看到林幸兒的身影；害怕的是，我看到的是她與男朋友在一起的身影。

　　但這些原來也只是多餘的幻想。

或許時間能夠治癒一切傷痛，只是仍然受回憶煎熬的那些時間，也是不容易走過去而已。

我家樓下有一間「合成糖水」，以前送她回家時，偶爾我們會到店裡吃一碗腐竹糖水，「清心丸配腐竹糖水」是她的最愛。如今每晚回家時，我已經習慣了往店裡觀望，然後也漸漸習慣，叫自己不要再期望太多。或許我們是真的沒有緣分，又或許是她也有心避開我。雖然我也沒有在臉書裡提過我搬了家。

她的臉書，其實也越來越少更新。以前，我還可以憑藉她臉書裡的一字一句去猜測她的近況，或是從她所分享的歌曲與歌詞去猜想她想表達的心情。但最近數個月，她近乎沒有在臉書上分享過什麼，就只是上傳一張海邊日落的照片。曾經我有點擔心林幸兒是不是遇上哪些不快事，但後來小雪跟我說，其實這很平常，忙著談戀愛的人一般都會變得沒時間上網，因為她自己就是其中一個例子。

嗯，也許是的。

只有失意的人，才會擁有太多時間與心情需要排遣。即使明明已經因為工作或學業而變得筋疲力竭，即使已經讓各種事情排滿自己的行程表，但還是會因為一件小事而茫然失神，還是會因為聽到一首歌、一段文字，而變得安靜，或搖頭苦笑⋯⋯

偶爾，從便利商店下班，夜已深了，我乘坐巴士回家。深夜的路上並不太擠塞，平時原本需要四十分鐘的車程，可以縮短一半時間。但對如今的我來說，早一些回家或晚一些回家，也已經沒有差別了。很多時候，巴士到站了，我也沒有按鈴下車，任巴士繼續駛下去，開到位於黃大仙的總站，才捨得下車。

通常那時候已是接近凌晨。我一個人走在人煙稀少的路上，聽著歌，想著哪天才可以再遇見她、想著哪天才可以捨得忘記，回到家，「合成糖水」通常已經打烊。洗完澡，上一會兒網，如果還睡不著，就看一會書，或是打掃一下家裡。如果，仍是睡不著，就走到天台，對著已經荒廢的舊啟德機場，尋找一下星星，聽聽飆車族偶爾傳來的引擎聲，直到天色開始轉亮，直到終於數完那數百盞夜燈為止。

・　・　・

到了九月，我已是大學二年級生。

課業變得更繁重了，每星期要回校的日數卻反而變少。但儘管如此，家教與便利商店的工作，偶爾還是會讓我透不過氣來。

老媽跟我說，如果我想，可以搬回家去住，至少每天晚上也有湯水補身。但是新屋已經簽了租約，至少要租滿一年才可以搬走；我跟老媽說我會常回去喝湯，然後又偷偷給了她兩千元零用錢以表孝心。

然後來到 9 月 20 日，是我的生日。這天跟平常其實沒有什麼分別，也是要上學、回便利商店上班。Samuel、Tiffany 等都有在臉書留言祝福，小雪也有打過電話來跟我說生日快樂，她最近忙著要投入大學的新生活，也沒空再像以前那樣為我這個哥

111

We're
just
strangers
with
memories

睡不著，並不是最難耐的。睡不著，但心裡藏著一個人，才是難耐的開始。

哥慶祝了。不過我也開始習慣一個人的生活，不會特別覺得寂寞。又或者應該說，我是已經習慣了寂寞。

深夜，回到家裡，我打開電腦，正想搜尋一些資料準備寫論文，手機卻在這時響了起來。我拿起手機來看，螢幕上顯示的，竟然是「林幸兒」的名字。

「喂。」

「喂。」

是她，真的是她的聲音。

「還沒睡嗎？」她問。

「還沒，我在寫論文。」我按動滑鼠，讓電腦發出一些聲響。

112

We're
just
strangers
with
memories

「啊，會打擾到你嗎？」

「不會。」我頓了一下，又問：「你找我，有什麼事嗎？」

「嗯……只是想跟你說一聲，生日快樂。」

「謝謝你。」

我看了看電腦的時鐘，十一時五十二分。這是她第一次跟我說生日快樂，去年的這一天，我與她的關係疏離，也不可能聽見她的祝福。

「你……」

「嗯？」

「你還在生氣嗎？」

生氣，我是在生氣嗎，我是應該要生氣嗎，我還有生氣嗎，

我其實是在對誰生氣……

「沒有，我沒有生氣。」我輕輕地說。

「真的沒有生氣？」林幸兒無奈地笑了一下，又問：「那為什麼這半年來你沒有找我？」

「你不是也沒有找我嗎？」我反問。

「看，你根本就是在生氣。」

「我沒有。」

其實，我又有什麼資格生氣呢。

即使她喜歡了別人，即使她沒有告訴我、她交了一個男朋友，即使她眼裡一直看著的人從來都不是我……但真的，我又有什麼資格去過問她的事情，去要求她向我說明她喜歡了誰、想念著誰。

我只是朋友，我連生氣的資格也沒有。

「你不要再生氣了，好不好？」林幸兒放軟了聲音，說：「對不起。」

「好了、好了，我真的沒有在生氣。其實是我自己小器不好，是我應該向你道歉才對。」

「你也知道你自己小器呢。」

「對，是我不好。」

「你別這麼認真了。」她笑了一下，又說：「我們就當作扯平，以後就不要再記著這些事情了，好嗎？」

「嗯。」我看著電腦螢幕，時間已經變成零時零分。

113

We're
just
strangers
with
memories

有時給你一點希望，也許只是不想讓你太早離開，這一個其實沒結果的困局。

「以後，我們繼續友誼永固，做最好的朋友，好嗎？」

「嗯。」

我閉上眼，讓自己答應了她的請求。

讓自己，又再回去這一個似近還遠的位置。

•　•　•

與林幸兒重新交好後不久，她就和她的男朋友分手了。

我沒有過問他們分手的原因，其實我也不想過問，他們的感情狀況、她的男朋友是一個怎樣的人，甚至是他們平時的感情生活，理智上與自尊上，都不允許我開口去問。

即使我其實是有多想知道他們的事情、他們是如何開始。

但分手這件事情，是林幸兒自己主動告訴我的。

「你突然叫我出來，是發生了什麼事呢？」

我在灣仔碼頭找到了林幸兒，她正倚著海傍的欄杆，看著駛進碼頭的渡海小輪泊岸。

「沒什麼事啊，只是想請你陪我一起看日落。」

她笑得很甜。

「沒事，那就不要喚我喚得這麼急呀。」我皺眉嘆氣，看著手錶說：「原本我要替一個學生家教，幸好他家裡今天剛巧也有事、不太方便上課。」

「對不起，我不知道你今天原來有事。」她轉過身來，一

114

We're
just
strangers
with
memories

臉歉意。

「算了，反正現在我是有空了。」我倚著欄杆，問她：「找我出來，就只是看日落嗎？」

「不可以嗎？」

我翻了翻白眼，說：「我不相信你會找我陪你這麼浪漫。」

她吐吐舌，笑道：「被你拆穿了。」

「那是有什麼事呢？」

林幸兒搖搖頭，然後提起腳步，就只是要我跟著她走。走了一會，她才說：「我跟他分手了。」

我沒有問林幸兒口中的『他』是誰，就只是輕輕「嗯」了一聲。

「怎麼你好像不感到意外似的。」

我望著林幸兒，她的眼光好像有點怨懟，但一轉念間，我又提醒是我自己想得太多。我說：「我看你最近每天都像是很空閒，不是在臉書上玩小遊戲、就是和朋友在網上聊天說笑，上次假日你還問我要不要去唱 KTV，好像不需要去約會似的。」

「你還取笑我。」

「我怎麼敢取笑你呢。」我苦笑。

「我說笑而已。」她向我做個鬼臉，然後又說：「你不問我為什麼會分手嗎？」

「兩個人分手，都不外是那些原因嗎？」

「是哪些原因啊？」

有些人不再見或許會遺憾，但再見也只不過是又再一次自尋煩惱。

「都是感情變淡了、出現第三者了、以前的另一半突然回來了，又或是兩人的性格根本不合吧。」

林幸兒看著我，嘆氣說：「你說得好像很有經驗似的。」

我聳聳肩，回道：「我只是將身邊同學的情況收集整理而已。」

「性格不合，真的會讓兩個人越走越遠嗎？」

「我曾聽人說，一段感情關係，並不是全憑感情來維繫，除了緣分、運氣，到最後還是會看這兩個人是否相配。」

「怎樣才算相配？」

「性格、想法、智慧、經驗、價值觀、宗教信仰……這些都不可以相差太遠吧。」

「但不是經常有人說，愛能夠克服一切嗎？」

「只是，很多人的愛情關係，根本就尚未到愛的程度吧。」我呼一口氣，看到林幸兒一臉感慨的神情，繼續說：「而且，就算是愛，偶爾也會有感情淡薄、不能同步的情況出現，到了那些時候，兩個人本身是否相配，就會相對地變得重要了。在最艱難的時候，不會放開對方的手，是最理想的，但前提是，彼此也要有共識去伸出自己的手，並相信對方在什麼時候會來抓緊自己的手。」

「如果是真的愛，就算有多不適合，或是有多少人反對，也是不會輕易放手吧？」

「如果是真的愛，自然會不捨得放手。」

We're
just
strangers
with
memories

林幸兒停下了腳步，像是若有所思地看著大海，忽然又問：「你有遇過捨不得放手的人嗎？」

　　聽到這一個問題，那一刻，我在心裡輕輕嘆了口氣。

　　自己最捨不得放手的人，如今問我有沒有遇過捨不得放手的人……

　　「遇過啊。」我嘗試讓自己回答得平靜自然。「只是有時也會想，這會不會是自己的執迷不悟。」

　　「嗯，我明白，不過我想，愛情有時就是需要帶著一點執迷，人才會在灰心失意的時候，可以更加義無反顧地堅持下去呢。」

　　「義無反顧嗎……又也許，這只是一種習慣而已。」

　　「你的想法太負面了。」林幸兒向我做個鬼臉。

　　「那你也遇過捨不得放手的人嗎？」

　　我繼續假裝平靜，心裡十分緊張，一直等待著林幸兒的回覆。

　　但她卻別過了臉，不讓我看到她的表情，就只是靜靜地看著遙遠的夕陽，一點一點落入大海之中。過了一會，她才輕輕地回答：

　　「就算再捨不得，但有些時候，答案其實早就放在你的面前……無論如何堅持或掙扎，到最後也是毫無意義的，是嗎？」

　　「現在……還會捨不得嗎？」

　　她回看我一眼，笑著說：「現在我只知道，我已經很累

117

We're
just
strangers
with
memories

也許，有些堅持，其實是用來掩飾不知道應該如何放棄。

了。」

「所以想放棄嗎？」

「你知道最累的情況，是怎樣的嗎？」

我搖搖頭。

她輕輕嘆息，說：「最累的是，每天醒來，你都會反問自己，是要繼續堅持下去，還是要就此放棄。」

「然後每晚夜深，在你想了很多很多遍之後，你又找到一個不同的答案……是這樣嗎？」

林幸兒怔怔地看著我，驚呼：「你真的很明白我啊！」

我微微笑了一下，心裡想，不是我明白她，而是我也經歷著這種情況而已。

「要去吃糖水嗎？」我呼口氣，微笑問她。

「去你家樓下的『合成』嗎？」她向我眨眨眼。

最後，我們由灣仔走到西環，嚐了『源記』的桑寄生蓮子蛋茶，然後乘巴士回九龍城。在車廂裡，她倚著車窗睡著了。我靜靜地看著她，她的眼角彷彿有點淚痕。

我知道，她今天想我陪她，不是希望有人能夠解答她的煩惱，就只是希望能夠消減一點寂寞吧，一種無法對人言明的寂寞……我知道的，因為我也曾經這樣過。

就在與她重新交好的不久之前。

• • •

雖然可以和林幸兒再次往來，但我常常都會提醒自己，不要去找她。

就算如今她會如常地接聽我的來電、回覆我的短訊，我還是不想再做主動的一方。

過往，通常都是我主動打電話找她、傳她短訊問好、邀她出外逛街，她不是沒有主動過，只是次數比較少吧；久而久之，就彷彿變成了一種理所當然。

如果我不主動找她，她也未必會主動找我。彷彿自己是一個可有可無的存在，雖然她的心裡不一定真的會這樣認為，只是我偶爾還是會受到這種想法困擾，然後想得多了，又會變得越來越討厭這樣的自己。

你不主動，我也不主動，這段關係就沒有以後。但繼續主動下去，有時又會讓自己陷於患得患失的情緒當中，反而讓自己累到筋疲力竭。

我真的不想再這樣下去。

所以，我會寧願等她自己主動來找我，也不要去傳她短訊、給她電話。

是有點幼稚的想法，但也只有如此，我才能夠平衡自己心坎裡的那點卑微。

119

We're
just
strangers
with
memories

• • •

你說只要不去主動，那就行了。只是後來，總是未能心息而已。

「今天你有空嗎？」

「又想我陪你看日落嗎？」

「我想去領養小貓。」

「什麼？」我忍不住呆了一下，又問：「小貓？」

「是呀，小貓，我想去愛護動物協會領養一隻小貓，不知道你有沒有空，陪我一起去？」

「為什麼要我陪你一起去？」

「因為你有自己的家，用你的住址申請領養，會比較方便啊。」

「原來是這樣。」我拿著手機苦笑。

「求求你了！」她的聲音好軟。

120

We're
just
strangers
with
memories

．　．　．

只是，雖然我不會再讓自己主動，但是每一次，對於她的請求，我還是不懂得拒絕。

．　．　．

「我想買一間貓屋給小炭住。」

「小炭還只有半歲，不用住什麼貓屋吧。」我苦笑。

「最近天氣那麼冷，我不忍心讓牠睡在地板上啊。」

「你可以為牠鋪一張毛毯呀。」

「我家也沒有毛毯啊，所以想到寵物店，去看看有沒有合適的。」

「哦，那你就去吧。」

「你……可以陪我去嗎？我想聽聽你的意見。」

「為什麼要聽我的意見啊？」

「因為你是小炭的爸爸呀。」

「我什麼時候變成牠的爸爸了？」

「你不喜歡小炭嗎？」她一臉委屈狀。

「……好了好了，你其實是想我陪你去看吧，不要裝可憐了。」

然後她向我眨眨眼，開心地笑著說：

「你真好。」

121

We're
just
strangers
with
memories

●　　●　　●

其實我可以拒絕她的。

只是心裡又會想要知道，她難得對我做出請求時，又會是怎樣的情況。

●　　●　　●

最怕的是，想離開某個人，但原來自己沒有想像中那麼乾脆。

「明天你想來探望小炭嗎？」

「明天我要幫學生家教，晚上要回便利商店。」

「嗯……那好吧，我只好自己帶小炭出去玩。」

「你之前不是還在抱怨，上次帶牠到公園去玩，差點就走失不見了嗎？」

「雖然如此，但是上次牠好像玩得很開心啊，所以我好想再帶牠出去玩。」

「我看，其實是你自己很想去玩吧。」我嘆氣。

「難道你不想見小炭嗎？」她笑了。

「喂，我剛才不是說明天沒空嗎？」

「我知道你不會忍心，讓小炭被壞人拐去的。」

122

We're
just
strangers
with
memories

她確定地說，雖然隔著電話，我看不見她的表情，但我彷彿能夠看到，她如今雙眼裡那種信任的目光。

又或許，其實就只是我自己想得太多……

又或許，是她已經看穿了我的想法，我真的不可能對她有半點拒絕。

‧　　‧　　‧

「你不是說你不會來嗎？」

黃昏時分，我去到公園，只見林幸兒抱著小炭，一臉滿足愉快地坐在地上，猶如一個玩得盡興的小孩。

我晃晃手上的袋子，對她說：「我是為小炭送來新的貓飼料。」

　　她低頭看看懷裡的小炭，用手指搔搔牠眉心，說：「你看，爸爸有多疼你，我就說他不會忍心不來看你呢。」

　　我看著小炭，牠細小的雙眼也回看著我，彷彿真的聽懂了林幸兒的話，然後林幸兒抬起頭，夕陽的餘暉映照在她滿是笑意的臉上；我忽然覺得，能夠看到此情此景，就算有過多少寂寞與難過，我也應該要心甘情願，不應該再讓自己為了得不到一點回報，而去無止境地亂想太多太多……

● ● ●

123

We're
just
strangers
with
memories

　　「哥，你這樣不主動，其實沒有任何作用呢。」

　　小雪看著我，搖頭嘆息，然後從超市的貨架上，拿下了一包薯片。

　　「我本來就沒有想過要帶來什麼作用。」

　　我呼口氣，輕輕推著購物車，讓她將薯片放進去。

　　「什麼沒有作用？你以前不是說，你不想讓自己又再陷得太深嗎？」

　　「是啊，我現在也沒有陷得太深呀。」

　　「還說沒有。」小雪沒好氣地看著我，說：「前兩天不知道是誰在深夜打電話來，問我知不知道哪一款貓飼料比較適合

你一直努力叫自己不要抱太多期望。但原來沒有期望，有時也可以換來更多失望。

幼貓，然後還要我立即打電話去問文杰的意見。」

我尷尬地搔搔頭，說：「那次是我不好，請替我向文杰說聲不好意思。不過林幸兒說，小炭很喜歡新買的貓飼料，真的要感謝他的介紹呢。」

「小炭喜歡就好。」

只是過了一會，小雪又嘆了一口氣，我問她：「怎麼了？」

「我只是擔心，你會讓自己的底線變得越來越低。」

「底線？什麼底線？」

小雪將一包口香糖放進購物車，又看了看我，才說：「你回想一下，最初，你不是想跟林幸兒在一起嗎？但現在呢？你還想過要跟她在一起嗎？」

124

We're
just
strangers
with
memories

我想回答小雪，我想啊，我想跟林幸兒在一起，我想讓她得到幸福，我想和她快樂地生活下去。

只是這些話，我卻一句都說不出口。並不是因為難為情，而是不知為何，我沒有半點想對任何人證明自己這份感情的衝動。我喜歡林幸兒，並不是為了要得到任何人的肯定；我只希望她過得快樂，並不是想要得到任何回報。這些想法一直都充斥在我的腦海裡，彷彿要堅定無比、全心全意去進行到底，彷彿若是不能如此，這份感情就不會得到她的認可，就不可能會開花結果。

況且如今的她，對我是有著朋友之間的信任，但並不等於，我就可以妄想去僭越這一條界線。

小雪看見我一直都沒有回答，也不勉強我去說些什麼。過了一會，她說：「只要你知道自己正在做什麼就行了。」

　　我對她微微頷首，然後推購物車到收銀處去付款。小雪卻在後面喊道：「哥，媽媽吩咐我們還要買洗潔精回去啊。」

　　我呆了一下，低頭看看購物車，裡頭就只有零食。我回頭對小雪歉意地笑了一下，心裡同時間有一道聲音反問自己⋯⋯

　　你真的知道自己在做什麼嗎？

• • •

　　「其實⋯⋯」

　　「嗯？」

　　林幸兒放下手上的雜誌，抬起雙眼看著我。

　　「沒事。」我搖搖頭，讓自己微笑一下，然後拿起自己的咖啡喝了一口，續說：「你繼續看雜誌吧。」

　　但是她卻繼續將視線放在我的臉上，看得我好不自在。過了一會，她這樣說：「傻瓜。」

　　「為什麼忽然喊我傻瓜？」

　　「認識你已經這麼久了，難道還會不知道，在我眼前的你，藏著一些心事嗎？」

　　我不懂得應該如何回應，原本之前想說的話，也因為突然被她看穿了，而變得更加不知道如何開口。

125

We're
just
strangers
with
memories

你有多盼望他能夠給你一個肯定，但最後你反而越來越不清楚，自己還可以是他的誰。

「你剛才有什麼想問我嗎？」

林幸兒溫柔地看著我，微笑問。

「嗯，其實我是想問，我們現在……到底算是什麼關係？」

我望向她，她的表情像是有些呆住，但轉眼間，她又笑容滿面，說道：「我們是好朋友，難道不是嗎？」

「嗯，好朋友……」

「還有呢……」

「還有？」

「是小炭的爸爸與媽媽囉。」

聽到她這樣說，心裡有一點感動，但是同時也有一點失望。

我說：「其實小炭一直都養在你家，我也沒有為牠做過什麼。」

126

We're
just
strangers
with
memories

「但最初是你幫我挑選牠啊。」林幸兒合上了雜誌，愉快地說：「最初在愛護動物協會看到牠時，牠好像有點不合群，我還擔心牠的性格會不會有點孤僻。幸好你最後幫我做出決定，要我帶小炭回家。如今小炭變得很乖，很喜歡黏人，媽媽與妹妹都很喜歡牠。」

「那都是你對牠的教導有方吧。」我搖頭笑。

「你知道嗎，貓不是說教就能教的啊，牠們都有自己的個性，是你最先發現小炭的可愛之處呢。」

「也是因為主人有好好地愛牠。」

林幸兒滿足地笑了，然後又問：「現在的你，感到開心

嗎？」

聽到她如此問我，我茫然了一下，最後還是回道：「開心。」

「如果你感到開心，為什麼還要想這麼多？」

「……真的可以不去想嗎？」

「開心的時候，就應該要讓自己盡情開心。」她看著我，一臉溫柔。「不是常常都說要活在當下嗎？如果總是一直想得太多，真心也只會變得越來越小啊。」

我回看著她，她向我做一個鬼臉，然後又打開了雜誌繼續閱讀。

真的是我想得太多嗎？

如果在哪一天的將來，回看如今這一幕時光，在一個明媚的下午，自己可以與一個喜歡的人，悠閒地坐在咖啡店裡，一起享受這份寫意與閑靜，這點猶如虛幻的福分，彷彿一不小心就會瞬間錯過，那我又怎可以為了一個其實不能得到的名分而執著太多？我如今應該要做的，就是好好記住眼前人的笑臉，好好留住這一刻的溫柔，讓它可以再多延續一天、再多一天，可以與她走得再遠一點點……

這樣我才不會讓將來的自己有所抱憾吧。

唯有這樣，我才能夠讓如今的自己盡情去感受這一點美好。

「如果……」

「嗯？」我抬起臉，看著林幸兒。

127

We're
just
strangers
with
memories

如果真的友好，何需刻意說明，一切都在心中，歲月自會見證。

「如果將一切都說得太清楚，有些事情就不能逆轉，有些情誼，就會漸漸開始變質……」說到最後，她輕輕搖了搖頭。

「你……試過這樣嗎？」

她卻沒有回答，就只是對我微微笑了一下，然後將目光放回雜誌裡。

• • •

「她這樣回答你，是有心拖著你吧。」Samuel 一副專家的口吻。

「或許吧。」我平靜地回道，然後喝了一口啤酒。

128

We're
just
strangers
with
memories

「其實，她可能也不清楚自己的心意，今天待你好，或許只是因為心情不錯，明天待你壞，也許只是因為聽到一首歌、聽到別人的一句話，而不是因為你做錯了什麼；既然如此，你何必又要執著於這一個人，浪費更多時間？」

「我本來就有太多時間，被她浪費一點，其實也沒有什麼關係。」

「唉，你已經病入膏肓。」

Samuel 搖搖頭，一臉不想再勸說的樣子。

「謝謝你的關心了。」我對他抱歉一笑。

「不是我關心你，是 Tiffany 想知道你的事情而已。」

「Tiffany？」

「唉，你不是不知道，她喜歡你吧？」Samuel 又嘆了口氣，續說：「她是一個不錯的女生，不論外表或性格，都不會比林幸兒差，為什麼你不可以試著跟她在一起，或許……你們會合得來呢？」

「但是，她不是我真正喜歡的人……」

「一點點喜歡都沒有？」

我低下頭，讓自己回想 Tiffany 的一切，然後說：「她是一個很好的女生，若說沒有一點喜歡，那也是騙人的吧。」

「既然也有一點喜歡，那何不給大家一個發展的機會？」

「我想我是始終做不到的。」我輕輕呼口氣，看著 Samuel 說：「有些人，可能可以跟有一點喜歡的人在一起，即使有其他更喜歡的對象，但只要偶爾欺騙自己一下，提醒自己要珍惜對方的好，走著走著，就能夠跟對方白頭到老。但有些人，或許是真的比較執迷吧，他們始終都會記得，眼前的人並不是自己的最愛，即使如今可以暫時自欺欺人，但他心裡知道，這是不應該的，最後自己還是會離開的……若是如此，又為何要讓自己去犯這個錯誤，然後傷害了這一個應該珍惜的人？」

Samuel 無奈地看著我，苦笑說：「過程中，也不一定只有傷害，可能也會有一些意想不到的快樂與成長吧？」

「或許吧，但我已經沒有時間與心力，再去與另一個人發展了。」

「你剛剛才說自己有太多時間。」

129

We're
just
strangers
with
memories

對一個人好，應該要有一個限度，否則再完美，也只會是一種浪費。

「是嗎？是你喝醉了。」

然後我將手中的啤酒，與他的互碰一下。他搖了搖頭，也不再勸說下去。

• • •

後來，林幸兒有天提議，想要在大學畢業之後，去歐洲自由行兩個月。

為了付諸實行，於是她決定在課餘的時候尋找一份工作賺取旅費。我曾經提議她可以替中學生補習，時薪可更高，但她卻說試過為小學生補習，覺得自己還是不懂得教人，而且想找一份可以與不同的人互動的工作。

130

We're
just
strangers
with
memories

最後林幸兒在一間電信公司找到一份客戶服務的工作，每星期工作五天、每天工作五小時，日常工作就是負責處理客戶的來電查詢、追蹤投訴。

然後，因為林幸兒想有一個伴，於是我辭去了便利商店的工作，和她一起在電信公司上班。雖然變得比以前更忙，但我反而可以有更多時間見到林幸兒。

只是這份工作是需要輪班，我和她通常都不能夠在同一天放假。不過基本上，每天我們都會一同吃晚餐、一起下班搭車回家。在送她回家後，我們仍然會在手機裡聊天到凌晨。當對方放假時，我們偶爾會回公司探對方的班、一起吃晚餐，我會

接她下班、送她回家……

我們每天都會見面，都會一起經歷更多、一起成長。

如果可以如此一起走得更遠，多好。

● ● ●

後來，在一年租約完後，林幸兒勸我搬回老家居住。

她說，如果我想和她一起去歐洲自由行，退租不但可以為自己多存點旅費，而且搬回老家的天后區，上學及上班時也可以省一些時間、多留些時間讓自己休息。

對於這個決定，老媽與小雪均表示歡迎，因為以後又有人可以幫她們買宵夜糖水了。

只是我的內心卻有點不捨，畢竟我已經對這個家產生了感情。

偶爾送完林幸兒回家，我都會特地路經舊地，抬頭仰望這個自己以前所住的地方，回想在那段常常失眠的日子裡，在天台上數過多少燈火、喝盡了多少瓶酒。

以前曾經奢望，有天會不會帶林幸兒來這裡參觀；但後來儘管與她和好了，卻一次也沒有請她來過。我從不會主動提出，她也不會主動問。

彷彿大家都有一種默契，這是一道不可超越的界線，即使我們明明就只是好朋友，帶好朋友回家坐坐，本身並沒有什麼

131

We're
just
strangers
with
memories

喜歡一個人，其實並不是只有你追我趕、俯瞰仰望這些讓彼此越來越陌生的方式。

不對。

　　但還是會覺得有些不對。

•　•　•

　　後來，到了暑假，不用上學，每天的生活主要就是上班。

　　我們的主管提出，暑假期間可以加長工時、變成與全職一樣，於是我們每天的上班時間由以前的五個小時改為九個小時，但是我與林幸兒亦被編配到不同的班次，我的上班時間是早上十點至晚上七點，她則是下午兩點至晚上十一點。

　　大家的作息時間不再一樣，雖然我們偶爾還是會一起吃晚餐，偶爾她會約我帶小炭到公園遊玩，但生活的步調還是漸漸出現了差距。

132

We're
just
strangers
with
memories

　　例如以前每天凌晨都會用短訊聊天或是通電話，但因為林幸兒不希望我太晚睡，於是就漸漸減少了打電話給我。以前我每天晚上都會送她回家，即使我搬回老家之後也沒有改變這個習慣，但現在她總是會說我不用再送她，我也開始嘗試在深夜十二點之前上床就寢。

　　雖然上床後，其實還是睡不著，還是會想她會不會突然來電或傳短訊給我、還是會忍不住去看她有沒有在線。但沒有，一次都沒有。反而我漸漸養成一種習慣，就是將手提電腦與手機放在枕邊，以防自己錯過任何一次響鬧或震動。

然後到了八月的第一個星期天，我早上回到公司，鄰座同事阿和向我打招呼，笑說：「昨晚我看到你的女朋友在銅鑼灣啊。」

　　因為我經常與林幸兒出雙入對，公司不少人都誤以為我們是男女朋友關係，即使我們澄清過不少次，但他們偶爾還是會拿來開玩笑。我對阿和笑說：「是嗎，你在銅鑼灣哪裡看到她啊？」

　　阿和說：「昨晚我在時代廣場的戲院看電影，散場時遠遠看到她，好像是要進場看電影呢。」

　　昨天晚上林幸兒要上班，那麼應該是下班之後的事。我問阿和：「你是幾點鐘看到她啊？」

　　「大約十一點多吧。」

　　「嗯，那她身邊有其他人嗎？」

　　「好像有吧，但因為我們相隔很遠，也看不太清楚。」

　　「嗯嗯，對了，你吃早餐了沒有？我有多一份三明治。」

　　雖然我盡量讓自己表現如常，只是之後整天的思緒，全都飄到林幸兒身上。

　　那天林幸兒不用上班。午餐時段我打電話給她，鈴聲響了好一會，她才接聽：「喂。」

　　我聽得出她的聲音像是有點懶慵，於是問她：「還在睡嗎？」

　　「是啊……嗯，現在幾點鐘了？」

133

We're
just
strangers
with
memories

後來你是用了多少時間，告訴自己別再找他，只要默默思念就好。

「下午一點。」

「啊！」她像是突然驚醒過來，又說：「不跟你聊了，晚點再找你，好嗎？」

然後她匆匆掛線了。那天晚上她也沒有再打電話給我。之後兩天輪到我休假，我也沒機會碰見她。有時想傳她訊息，但也不知應該說什麼才好，結果還是作罷。

直到星期三晚上，我準備下班，無意中在茶水間碰見林幸兒。她一看見我，就立即走過來，嘆氣說：「終於見到你，真的太好了。」

我看到她的雙眼有點疲憊，於是問她：「發生了什麼事呢？」

134

We're
just
strangers
with
memories

她看著我雙眼，反問：「你又知道我有事發生？」

「每次看到你這種神情，就知道你肯定遇到什麼問題了。」

「嗯……你今晚有事嗎？」

我搖搖頭。

「那……你今晚可以等我下班嗎？我有些事情想跟你說。」

「可以啊。」

之後我一個人在附近的餐廳用晚餐，又搭電車遊了一會車河，等到十一點我回到公司樓下，林幸兒剛好從大廈裡走出來。

她跟同事道別了後，就笑著走到我面前，問：「等了很久嗎？」

「我也是剛到。」

「辛苦你從七點等到現在呢。」

「嗯,到底發生了什麼事?」

林幸兒又笑著看了我一眼,沒有作聲,然後緩緩地走向巴士站。我跟在她的後面,今天她穿著一件淺藍色的短袖襯衫,淺灰色的七分褲,一雙優閒鞋,梳著第六號髮髻,身上帶著一點檸檬與海風的氣味,是我所熟悉的那一個她,一個我始終不太熟悉的她。

走到巴士站,巴士尚未到來,我向她努了努嘴,然後我們走到附近的便利商店,在冰櫃裡看看有哪些雪糕或冰棒做特價。以前我們最喜歡尋找那些「買兩支特價」的雪糕或冰棒,即使未必是我們喜歡的口味,但我們還是會樂在其中。

「不如吃 Mega ?」我指指正在做特價的雀巢 Mega 脆皮雪糕。

「好啊。」

說完,她打開冰櫃,拿了薄荷巧克力與香草巧克力這兩款脆皮雪糕,到收銀處去付款。我們回到巴士站,她拆開薄荷巧克力脆皮雪糕的包裝袋,然後交給我。我道謝接過,等她也拆開了另一個包裝袋,才開始去嚐那久違的薄荷味。雖然依然有點熱,但當晚風輕輕吹起,電車在眼前隆隆駛過,然後又在遠處發出叮叮的聲響,那點紛亂煩躁的思緒,彷彿也可以找到一個發散的缺口。

「你可以說了。」我咬著脆皮雪糕,看著她。

135

We're
just
strangers
with
memories

其實你仍然不捨得,但你也越來越擅長假裝不去在乎。

她依然是靜靜地看著我，又看著眼前的馬路，直到脆皮雪糕吃完了，直到巴士來了、我們上車坐下，她才開始說：「最近，有人在追我。」

　　「嗯，是誰呢？」

　　「是 Travis。」

　　我看看她，她回看我、點了一下頭，她所說的 Travis，就是我們的主管。

　　「Travis 不是本來有女朋友嗎？」我忍不住笑。

　　「是啊，全公司都知道。」

　　「那你打算怎麼辦呢？」

　　「我也不知道。」

136

We're
just
strangers
with
memories

　　她低下頭來，拿出手機，讓我看了一個短訊，是 Travis 傳給她的：

　　「我想我真的愛上你了，希望你能夠做我的女朋友」

　　我微微苦笑了一下，跟她說：「你前幾天是跟他去看電影嗎？」

　　「是啊，你怎麼知道的？」

　　「阿和說在戲院裡碰到你，不過他似乎沒看見 Travis。」

　　「嗯。」

　　「你喜歡他嗎？」我問。

　　「當然不喜歡。」她搖頭嘆息，接著又說：「當然，作為朋友或同事，他是一個很不錯的人。但是對他始終沒有愛情的

喜歡。我會和他去看電影，也是因為他說他的朋友失約，我才答應去看。」

「嗯。」

「只是之後這幾天，他對我的言語與態度也越來越直接，除了常常傳我訊息，在公事上也刻意對我示好，真不知道其他同事看到會有何想法。」說到最後她掩臉悲嘆。

「你可以直接拒絕他呀。」

「但你覺得之後他會公私分明嗎？」她無奈地看著我。

「Travis 的偏心，也是眾所周知的。」我苦笑說。

「這兩天他總是跟我說、想送我回家，我都想不到還有什麼理由可以拒絕了，所以今天晚上只好用你來作我的擋箭牌。」她雙手合十作一個拜託狀。

「但如果這樣，Travis 之後會不會遷怒於我、向我報復啊？」

「那個……我也不知道。」

然後林幸兒就一臉憂心忡忡，我心裡好笑，對她說：「我說笑而已，難道我還真的怕他的針對或報復嗎？」

「你……不怕嗎？」

「最多就辭職不幹而已，有什麼好擔心的。」

「但是我不希望你辭職啊。」

「你不要太擔心了，其實不一定會有事的。」我拍了拍她的肩膀，笑著說下去：「這樣吧，明天開始，每天晚上我來接你下班吧。其他的時間，除了公事之外，你就盡量不要和 Travis

137

We're
just
strangers
with
memories

你知道應該要下定決心離開，只是你有太多捨不得的藉口……

有單獨相處的機會，也不要回他的訊息。如果避無可避時，就用禮貌客氣的態度來回應，知道嗎？」

　　林幸兒沒有再作聲，就只是繼續憂慮地看著我。後來我又安慰了她好幾遍，又說了很多個私藏了很久的笑話，她才開始有一點笑容。最後巴士開到九龍城，我和她下了車，送她到家樓下，臨別時她回頭看著我，說：「謝謝你。」

　　「為什麼道謝？」

　　「因為今天你特地來送我回家啊。」

　　我看到她臉上的笑容，彷彿是真的感到愉快。接著我忽然想起，自己有多久沒有聽過，在送她回家之後，她會對我說「謝謝」……

138

We're
just
strangers
with
memories

　　好像已經是很久很久之前的事了。

　　「之後可能還有一段日子都要這樣送你回家呢。」我微微笑道，又對她說：「你就不要突然變得如此客氣，都不像你。」

　　「是嗎？」她向我吐一吐舌，然後就走進大廈裡面。

　　我抬起頭，仰望她所住的樓層，見到燈亮了，這個情境又再一次重現我的眼前。是有點累，但心裡同時又有些鬆口氣的感覺。事到如今，她還是會需要我，還是會想我繼續留在她的身邊，至少，我還擁有著留守在她身邊的資格……

　　至少，明天我又可以繼續，像從前一樣送她回家。

● ● ●

後來，Travis 看到我每天深夜都會送林幸兒回家，林幸兒又開始對他保持距離，實在無計可施；於是在兩星期後，他改為追求另一組的女同事李心潔；林幸兒終於可以逃脫他的魔掌，我們都對這個結果感到鬆一口氣。

後來，我仍是繼續，在每個晚上送林幸兒回家。她也沒有再拒絕，我們每晚都是一起到便利商店買小吃、然後在巴士站邊吃邊等車。送了她回家之後，我再回到老家，通常已是凌晨一點。匆匆洗過澡，躺在床上，偶爾還會和林幸兒在手機短訊裡聊天，內容多數也是有一搭沒一搭的，往往不到十五分鐘，我就會在床上倦極而睡。

雖然很累，但內心卻感到無比的滿足。

後來，邁入九月，大學三年級的生活正式展開。我和林幸兒的上班時間變回原本的每天五小時，回到我們會經常見到面、一起吃晚餐、一起下班的那種節奏。

後來，林幸兒與鄰組的一個男同事在一起了。

而我與林幸兒，依然是朋友，依然是同事。

就只是如此而已。

139

We're
just
strangers
with
memories

你知道自己將來可能會後悔，只是你也不想現在留有遺憾……其實你都知道。

05
/
守候

We're just
strangers with
memories

「明明，你是愛她，卻連愛也不敢承認。明明，你是想跟她在一起，但你卻一再退而求其次，告訴自己只是想繼續和她做一對普通的朋友，只是想得到她的尊重與認真。然後，即使是想放棄，也漸漸不懂得面對自己的真心，還是害怕自己最後還是做不到，於是就給了自己一個又一個虛假的命題，例如，放棄再去靠近她，放棄再去主動太多，在可能做到或做不到的同時，你也開始習慣去放棄追尋自己真正喜歡的人與事。

「其實，比起渴望得到她的尊重與同情，你真正渴望的是，可以得到一個全心去愛的機會。比起被愛，你更希望自己可以好好地去愛這一個人。」

/ 2010

張子俊是一個大我們兩歲的男生，比我們早進公司半年，平時都是上早班，一直都很少有交集。直到暑假時，因為我們工時變長了，工作上才有多點與他接觸的機會。

他是一個健談的人，待人親切，喜歡幫助新人，在人多是非也多的電信公司來說，他可算是不需刻意提防、放心去交往的一個人。因此不少同事都喜歡和他親近，林幸兒就是其中之一。

第一次留意到她和張子俊交往，是在夜深送她回家的時候。當時我們在巴士車廂裡，我正在專心看著參考書，林幸兒像是有點心不在焉，拿出手機來把玩。過了一會，她撥了一通電話，然後用手機跟別人通話起來。

「喂，是我啊。」

144

We're
just
strangers
with
memories

我雙眼看著參考書，不作聲。

「還沒睡嗎？嗯，已經離開公司好一會了，我現在正搭車回家。」

心裡在想，是誰在與她通話？

「沒什麼特別，只是想知道你在做什麼。對了，我吃了你今天在茶水間留下的餅乾，很好吃啊，你是在哪裡買的？」

聽到這一句話，我立即猜到和她通話的人是誰。今天張子俊放了幾包餅乾在公司的茶水間，說是想分享給同事們嚐嚐；我也吃了一塊，味道相當不錯。

「啊，原來是你媽媽親手做的？伯母真的很厲害啊，我也好想親手做看看。」

林幸兒是在什麼時候和張子俊熟稔呢？熟稔到已經會互相交換電話號碼，已經會在夜深打給對方聊天。

　　後來，我一直看著參考書胡思亂想，林幸兒繼續與張子俊通話。到了九龍城，下了車，她仍是在興高采烈聊著；我走在前面，裝作如常地看著馬路、汽車、路燈，沒有回頭看她，怕一回頭就會與她的目光對上，怕她會輕易看穿我那拙劣的假裝。

　　然後，走完這一條街，又走完下一條街，來到林幸兒的家樓下，她好像還是沒有中斷通話的意思，只是向我揮揮手，就轉身走進大廈裡去。我站在原地，看著她在大廈的大廳裡等候電梯，然後電梯來了，她走進電梯、電梯門關上，她也沒有再看過我一眼。我輕輕呼了口氣，抬起頭，見到她的房間亮了燈，我告訴自己應該要走了。一路上，我拿著手機，心底在盼著林幸兒何時會致電或傳訊息給我。但是沒有，直到我回到家裡，直到我洗完澡、上床睡覺，都沒有。

　　從那一晚開始，林幸兒與張子俊走得越來越近。以前我們上班前會一起吃晚餐，但現在她會為了有更多時間和張子俊相處，寧願在家裡自備便當，然後提早上班，在公司的茶水間用晚餐。以前我們下班後會互相分享當日所遇到的各種趣事，但現在每次一離開公司，她就會拿出手機打給張子俊，彷彿再沒有事情想要和我分享，彷彿我只是一個打擾他們談天的存在。以前，每當難得地我與她在同一天放假，我們會相約一起去看電影、逛街購物，但現在基本上是很難約到她，有時早上打電

145

We're
just
strangers
with
memories

有些守候，是讓自己學會說再見的一個過程。

話想約她，但是她不會接聽電話，要等到晚上才會回電給我，然後談不到五分鐘她便會藉故掛線。

　　我知道這代表著什麼。但我只想繼續去做好這一個好朋友的角色。偶爾她太忙，我會去幫她買貓飼料、替她繳電話費、為她的儲物櫃添置零食。她生日的時候，我送了她一個只在日本限量發售的 Mickey Mouse 水晶球，通宵排隊替她買了兩張陳奕迅的演唱會門票。她有跟我道謝，只是每次都表現得不怎麼高興。

　　到了十一月，她突然向 Travis 申請了一星期假期，說是要和朋友去日本東京旅行。Travis 當然是批准了，我笑著問她會和誰一起前去，她說除了張子俊、還有一對我不認識的情侶朋友。我又問她，那小炭呢，誰來照顧牠？她說會交給妹妹照顧。然後我再問，整個星期不上學，會影響出席率嗎？她看著我嘆息搖頭，就不想再回應我了。我只好讓自己不要再問，我也知道如今的自己是有多煩人。

　　之後，林幸兒和張子俊去了東京旅行。

　　我知道他們還有其他旅伴，但對我而言，其實就與他們兩人單獨去旅行沒有分別。其實我只是在嫉妒。從他們出發的第一天開始，胡思亂想就從來沒有間斷過。然後為了不要讓那些思緒過度影響心情，於是我又費了更大的氣力去麻木自己的感覺、催眠自己其實就只是自己想得太多而已；就算我再不安也好，她如今還是不會在我的身邊、不會再得到她的注意或在乎，我始終沒有資格去過問太多，始終不能夠要求她去為我做一些

什麼。再如何不安，到頭來也是自討苦吃。那不如不要再想，讓時間來沖淡一切焦慮，再難過，一切最後還是會變成過去……

　　道理是這樣，但是要真的看開，卻無比困難。每天下班後，我都會第一時間去打開她與張子俊的臉書，看看兩人有沒有任何更新。但一次都沒有。直到此刻我才明白，度日如年原來是什麼滋味。

　　終於等到他們回來上班，林幸兒為每個同事帶來兩個草餅當伴手禮，給我的也是一樣。我沒有說些什麼，就只是讓自己盡量專心投入在工作裡、用最自然的聲線及態度為客戶解決疑難，對林幸兒與其他同事分享的旅途趣聞恍如不覺。

　　恍恍惚惚，捱到了深夜十一點，下班了。我獨自離開公司，緩緩走到巴士站，走到便利商店，再走回巴士站，依然未見林幸兒的身影。我拿出手機，想按鍵，但還是制止了自己。巴士來了，然後又走了。電車剛剛駛過，不一會鈴聲已經消逝在街道盡頭。

　　其實，我還在守著什麼，還在等著什麼……

　　十二點，林幸兒終於來到了巴士站。

　　「咦……為什麼你還在？」她訝異地問。

　　「不，我也是剛到而已。」我微微笑說，反問她：「你呢，為什麼那麼晚還沒走？」

　　「有些客戶的文件沒處理好，所以比較晚才離開。」

　　她淡淡地說，然後從皮包裡掏出手機，按鍵撥出。不一會，

如果他始終不想為你停留，你的不離不棄，最後也會變成一種纏繞。

電話應該接通了，她與張子俊開始通話；又一會，不知道張子俊說了些什麼，林幸兒情不自禁地笑了起來⋯⋯

那是曾經最令我動心、最無法忘懷，也已經很久沒有看見的，一抹笑容。

巴士來了，林幸兒上了車。我仍留在車站裡，她依然在用手機通話，沒有回頭，也沒有和我說再見。巴士開動，我看著它逐漸遠去，有一種說不出的悵然。過了一會，我離開巴士站，在街上漫無目的地走，走著走著，從港島東區走到灣仔區，在快要走到中西區時，看到了一家通宵營業的餐廳，我才想起，自己今天還沒有吃過晚飯。於是我走進餐廳，向服務生點了一份平常愛吃的咖哩雞飯，不一會，飯來了，咖哩飄起一陣香辣的味道。我拿起餐匙，舀了一口飯放進口裡，但不知為何，自己彷彿沒有半點食慾，明明想吃，卻食不下嚥。我喝了一口水，再吃了一口咖哩雞，在口裡慢慢咀嚼，只是始終吃不出半點味道，反而一直埋在心底深處的疲累、委屈與失意，變得越來越清晰和沉重，猶如四面八方重重包圍，讓我再也無處可逃⋯⋯

但即使如此，還是哭不出來。我默默地繼續咀嚼，一口又一口，終於吃完所有咖哩雞與白飯，心裡的沉重感卻揮之不去。我結了帳，離開餐廳，想繼續走下去，但又忍不住反問自己，再這樣無目的地走，走到再遠或再累，有用嗎？又是為了什麼？

反正也不會有人在乎。一切都只不過是一個太執著的人在卑微地自討苦吃而已。

· · ·

　　2011 年情人節，我一個人躲在家裡，什麼地方都不想去。晚上，程曉彤和我在網上來了一次視訊通話。

　　「如果你覺得委屈，其實也是可以選擇逃避啊。」她說。

　　「可以怎樣逃避呢？」

　　「就不要再見她，不要再找她。」

　　「嗯，我以前也試過這樣。」我呼氣。

　　「那麼，現在為何你不去嘗試呢？」

　　「現在……不可能吧，我每天都要上班，在公司就會無可避免地見到她。」

　　「那，你有想過辭去工作嗎？」

　　「辭職的話，需要一個月通知期，不是說離開就可以立即離開。」

　　「嗯，那也要看你是有多大決心要離開吧。」

　　「或者是因為，之前我也曾經試過逃避去面對。那時她交了第一個男朋友，雖然難受，但至少他們不會在我面前出現，只要我不找她，她也不會主動找我，我就可以躲在某個地方去讓自己療傷，也可以給自己留一個想像的空間。」

　　「想像空間？」

　　「例如，她可能也有想念我，她可能也會想知道我的近況，

149

We're
just
strangers
with
memories

你知道的，其實自己應該要下定決心放棄，只是你不知道，什麼時候才應該離開。

她可能也會為我沒有主動找她而有過一點難受，她可能也是很想重新與我和好，她可能也會為我們這段關係突然轉淡而有所遺憾……看不見，所以就可以任意想像，即使其實也明知道這些事情未必就如自己所想、甚至是不可能發生，但至少可以想得美好一點，偶爾騙騙自己，讓自己不會那麼難過。」

「但有時這樣哄騙自己，也會讓自己更不捨得放下吧？」

「或許。所以這一次，我每天都必須在公司看到他們，再也無法躲避，有時候，甚至是要裝作如常地和他們談天、工作、說笑、吃飯……」

「她還有和你說笑、吃飯嗎？」

「只是偶爾，在一群人的時候。但如果只剩下我們兩人，她對我的態度會變得比較冷淡。」

150

We're
just
strangers
with
memories

「這種落差，會讓人很難受吧？」

「所以，有時我會想，如果我繼續勉強自己去面對這種對比的冷淡，再也不能夠想像、留給自己一個希望，那我應該也可以早一點心淡或是心死，這一次，我應該可以從此勇敢一點，嘗試遠離她的支配吧。」

「但我看你，似乎還是做不到呢？」程曉彤看著我的雙眼。

「嗯。」

「為什麼呢？」

「可能，是我始終會不甘心吧。」

「唔……是因為你付出了這麼多，卻終究不能和她在一起

嗎？」

「也不盡然。畢竟她喜歡誰、想親近誰，她有她的自由。」

「那你是為了什麼而不甘心？」

「可能是為了，我只是想做她的一個好朋友，但是她彷彿完全不明白我的這種想法。我還以為，和她認識了這麼久，一起相處及經歷過這麼多，但是來到這天，她仍然不熟悉我的想法與性格，仍然會記不清楚關於我的事情。就好像，有一次，我們一群同事下班後相約去吃火鍋，在點餐時我去了洗手間，後來回到座位後，我看到自己座位的桌上多了一杯可樂；我問同事是誰幫我點的，同事說，是林幸兒幫我點的。當下我沒有說些什麼，但一直以來，出外用餐時，我是從來都不會選擇可樂作為飲料。」

「我知道，你喜歡喝檸檬茶、綠茶、咖啡，如果沒有這些，你會寧願喝白開水。」程曉彤微笑說道。

「嗯，但是她彷彿完全不知道這件事情。當然，這只是一件小事，在人與人的日常交往來說，即使不知道或不記得，也不一定代表什麼。只是當這種情況越來越常出現，我就忍不住去反問自己，之前我們有過的默契、知心與了解，可能就只是一場誤會、或是一時巧合，可能就只是我的自以為是、入戲太深。曾經我把她當成是知己，但現在回看，其實就只是自欺欺人吧。是她從來沒有認真嗎？又或者，她不是沒有認真，就只是沒如我所想像的那樣認真……然後，這一類胡思亂想總是充

151

We're
just
strangers
with
memories

有時想離開一個人，其實是希望提醒自己，並不是真的沒有感覺，原來你還有反抗的力氣。

斥在我的腦海裡，我希望想要證明一點什麼，但是我又無法去做一些什麼，因為我根本沒有資格，就連是否有做一個好朋友的資格也不確定；我好希望不要再想，總是會跟自己說，想得再多也只是會讓自己更辛苦，但是我每天又必須繼續面對及假裝，令自己變得更疲累與可笑……然後有一天，我看著鏡中的自己，忽然覺得眼前的人是這麼陌生，我讓自己變成這個樣子，最終所求所得的，到底又是為了什麼？」

「我想……」

「嗯，你想到什麼，儘管說吧。」我看著程曉彤。

「我想啊，即使你過去所做的，如今還是得不到一個人的認真與在意，但並不等於這一切，就真的是全無意義。」

152

We're
just
strangers
with
memories

「還會有什麼意義？」

「嗯，例如，你能夠數出她喜歡的食物嗎？」

「她喜歡的食物，有很多種啊。」

「最喜歡的呢？」

「半島酒店的起司蛋糕、大澳的炭燒雞蛋仔、尖沙咀 The Market 的自助餐、麥當勞的巧克力聖代、道地的青蘋果綠茶。」

「那……最不喜歡呢？」

「她最討厭有花生味道的食物，因為小時候每天都要吃花生醬塗麵包做早餐。她也不喜歡吃魚，她很怕魚這一種生物，只要一看到魚就會心驚膽顫。還有她不喜歡榴槤，接受不了那種味道；也不喜歡吃菠蘿麵包，因為她總是會怕吃的時候麵包

屑會掉得一身都是……」

　　「你知道嗎，想了解一個人，除了要了解他喜歡什麼，有時想要了解對方不喜歡什麼，是更加困難的呢。」

　　「為什麼？」

　　「因為，人與人交往，為了可以更容易與對方親近，我們通常不會太輕易對人坦承自己的喜惡，讓自己顯得比較親切、平易近人；只是這樣將真正的自己隱藏，又怕會顯得虛假，所以我們就會傾向對人透露自己喜歡的事物，以尋求彼此之間的共通點。」

　　「是這樣嗎？」

　　「有些人是這樣。所以，如果你能夠了解一個人喜歡什麼、還有不喜歡什麼，那是因為你曾經花過不少時間與精神去認識這個人的一切，這可是一件很珍貴的事情。還有就是，對方可能也曾經對你展現過的一點真我，你才可以順利知道那些喜惡。」

　　「但我覺得……」

　　「嗯？」

　　我輕輕嘆息，說：「我覺得，我只是用盡了自己的所有能力，去嘗試了解她這個人，而不是她自己願意想告訴我這些事情。」

　　「你不要把自己看得這麼卑微吧。如果她沒有一點喜歡你，她又怎會和你互動至今？」

　　「但是朋友的喜歡，不一定會變成愛情的喜歡吧？又或者，

153

We're
just
strangers
with
memories

只不過，當失望有天也變成一種習慣，以後就很難再下定決心離開。

與其說是喜歡，不如說這是同情或施捨。」

程曉彤像是無言以對，過了一會才說：「你害怕她同情你？」

我搖搖頭，平靜地說：「有時，我會不希望她同情我，希望她可以用一個對等的目光、用一種對待正常朋友的態度，待我公平一點、認真一點、尊重一點，就是如此而已。可是，當她總是會對我表現得冷淡，總是會對我若即若離、忽冷忽熱，總是會讓我覺得，我連她一個新認識的朋友都不如，她對其他人都比起對我要好得太多，我就會開始忍不住去想，自己的付出、堅持與忍耐，是不是真的沒有意義；我是不是就不值得被人珍惜、理解，甚至是被愛……然後，我就會開始不爭氣地去想，如果她還會同情我，我是應該好好去珍惜、去接受，因為至少，在她的眼中我還是依然存在，至少，我會沒有那麼難受，我會有多一點力氣去繼續假裝微笑下去。」

154

We're
just
strangers
with
memories

「你……這些想法，已經有多久了？」

「我忘了。」

「你不是忘了，你只是不想刻意記得太清楚。」

我沒作聲，只是看著電腦的鍵盤。

「喜歡一個不會在一起的人，真的會讓人變得如此不理性嗎？」

「我不是想跟她在一起，我只是希望可以陪在她身邊而已。」

「所以我才說，你變得很不理性。」

「怎樣不理性？」

「我問你一個問題，你要認真回答我。」

程曉彤的雙眼閃著光芒，我垂下眼，淡淡地說：「你問吧。」

「你……愛林幸兒嗎？」

愛？我愛她嗎？來到這天，我還愛她嗎？

我一直都跟自己說，愛是不求回報，我也不想再讓自己陷下去、不想再讓自己為一段未必有結果的感情而一再主動更多，在可以讓自己好過一點的距離裡，繼續接近這一個不可再接近的人……

但，如此自私的我，算是愛著她嗎？其實並不算吧。我對她的感情，只是不平、不甘心，只是我在自討苦吃，只是我在勉強自己而已，既不會令她歡喜，也不會得到任何人的稱讚或認同，這樣子其實沒有資格說愛，一切一切都是我的執著、鑽牛角尖而已。

我對她好，只是為了一種自我滿足，只是想在寂寞的時候有所寄託，只是習慣了去喜歡這一個人，一個剛巧叫林幸兒的人而已。即使我也會希望她可以得到幸福，但即使我有沒有心存這樣的盼望，她也是會得到屬於她的幸福，又何需我去待她好、說喜歡或是愛她……真要說愛，也是沒有意義吧？

「很難回答嗎？」程曉彤微笑問。

155

你只是想愛自己想愛的人，但後來你才發現並不容易。

「我不知道。」

「愛不愛一個人，就連你自己也會不知道嗎？」

「我只知道，自己已經很累，有很多感受混雜在一起，反而漸漸失去了最初勇敢地去喜歡一個人的那種純粹。」

「嗯，留下來，會更疲累，想去追，卻欠缺力氣，但若是離開，你又會捨不得。」

「你知道嗎，有一段時間，每天醒來，我都會反問自己，是要繼續，還是要從此放棄；彷彿自己還有選擇的餘地，但其實我只是想用這種方式來讓自己好過一點而已。即使如今，我決定了要放棄，但明天，我還是又忍不住再反問這個問題，仍是無法真正死心放棄。這樣子反反覆覆地給自己一個又一個虛假的希望，彷彿無止境地推翻自己昨天下定的決心，卻又不是真正地重新開始。最後我才發現，原來自己不是敗在她的若即若離，而是敗在自己的心存僥倖、猶豫不決。」

156

We're
just
strangers
with
memories

「理智上，你其實知道是應該要放棄的，但道理你明白，要真正果斷地實行，卻是另一回事。」

「就是這樣了。」

「不過，」程曉彤看著我，微笑說：「為什麼你就一定要放棄呢？」

「為什麼我不放棄？」我反問她。

「虧你是讀理科出身，你其實連問題都沒有弄清楚。」程曉彤搖頭嘆氣一聲，又說：「你說的放棄，是放棄什麼呢？放

棄做她的朋友？放棄去喜歡她、愛她？放棄去對她好？你自己
有想清楚嗎？」

聽到她如此反問我，說實在的，我有點呆住了。我回她：
「是放棄再去靠近她。」

「那，為什麼要放棄呢？」

「是因為，她如今已不再需要我吧。」

「因為她不需要你，所以你就想不要再靠近她。問題是，
你還喜歡著她啊，你總是會想接近這個人。如果喜歡一個人真
的會讓你這麼痛苦，你其實應該去想，是不是應該放棄喜歡下
去，而不是去反問自己，是否要放棄靠近她。」

我無法反駁。

「明明，你是愛她，卻連愛也不敢承認。明明，你是想跟
她在一起，但你卻一再退而求其次，告訴自己只是想繼續和她
做一對普通的朋友，只是想得到她的尊重與認真。然後，即使
是想放棄，也漸漸不懂得面對自己的真心，還是害怕自己最後
還是做不到，於是就給了自己一個又一個虛假的命題，例如，
放棄再去靠近她，放棄再去主動太多，在可能做到或做不到的
同時，你也開始習慣去放棄追尋自己真正喜歡的人與事。」

雖然程曉彤是這樣說，但她的語氣與態度，卻是我認識她
以來，最溫柔的一次。

「其實，比起渴望得到她的尊重與同情，你真正渴望的是，
可以得到一個全心去愛的機會。比起被愛，你更希望自己可以

157

We're
just
strangers
with
memories

愛一個人不會讓人變得卑微，一直單方面想討好對方，才是讓自己卑微的開始。

好好地去愛這一個人。」

「我沒有想得這麼多。」我苦笑。

「你是刻意不去想這個問題吧，因為你之前試過太多次被別人拒絕，漸漸學會對人隱藏真心，也分不清自己真正最想要的是什麼。」程曉彤輕輕呼了一口氣，又問：「其實，你有想過認真地去追求林幸兒一次嗎？」

「我還可以怎樣去追呢？如今她的身邊已經有著另一個人了。」

「你先不要去想她身邊有沒有其他人，而是應該先去考慮，自己有沒有認真去追的勇氣與決心。」

「其實……」

「嗯？」

158

We're
just
strangers
with
memories

我搖搖頭，看著鍵盤說：「我已經做過很多事情，都不知道還可以再去做些什麼。」

「你說你做了很多，但是你有認真對她說過『你喜歡她』、『想要跟她在一起』嗎？」

我沒有回答，程曉彤繼續說下去：「或許，你做過很多事情去對她好，你認為，她應該可以明白你的心意，她應該知道你喜歡她，但這些也都可以只是你自己的『以為』。對一個人示好，跟對一個人表達自己的喜歡，有時是不一樣的。」

「但是這樣將一切都說得太清楚，如果她也是不會接受，最後只會讓自己變得更卑微吧，而且說穿了之後，有些事情以

後就不可以再回頭了。」

「會不會變得更卑微，是看你自己怎樣看待你對她的感情。其實，就算最終得不到一個人的喜歡，但不等於你的喜歡就是一種錯誤，就只值得被對方甚至自己逃避面對、不可以理直氣壯地喜歡下去的這一種結果呀。」

說完，程曉彤微笑看著我。我知道，她是真的關心我，我心底裡的想法與感受，在她的面前彷彿完全表露無遺。只是一直盤踞在我內心的那份疲累，卻沒因為她的開導而得到紓解。我輕輕地說：「謝謝你。」

「希望你有天可以勇敢一點，去向她表達你真正的想法與心意吧。」

「嗯，希望。」

「我也想下次回來的時候，可以看到你們有情人終成眷屬呢。」

「對了，你打算什麼時候回來？」

程曉彤卻輕輕搖頭，微笑一下，過了一會才說：「我想我畢業後會留在美國，我會嫁給 Jonathan。」

我有點愕然，Jonathan 是她在美國的男朋友，是一位美籍華人。我知道他們一直都相處得很好，只是從沒聽說過他們會這麼快結婚。

「恭喜你啊。」我向她道賀。

「啊，終於看到你笑了。」程曉彤一臉幸福地又說：「謝

159

We're
just
strangers
with
memories

比起被愛，我們其實也渴望，能夠全心全意地去愛一個人，有一個人願意接納自己的愛。

謝你。如果明年我結婚，你會過來觀禮嗎？」

「你邀請我的話，我一定會去啊。」

「一言為定啊。」

「一言為定。」

• • •

雖然程曉彤鼓勵我去向林幸兒說清楚，只是我實在欠缺那一點動力。

尤其當我們的關係，幾乎變得可有可無。我們在公司見到對方的時候，會點頭打招呼。但除此以外，我們已經很少再主動跟對方談話。

說真的，我也再沒有剩餘的心力，去繼續在她與張子俊面前假裝輕鬆淡然。還有數個月就大學畢業，在此之前我還要完成畢業論文，以及惱人的考試。Samuel 總是好奇我是如何分配時間。我沒有告訴他，如果每天凌晨四點才有睡意，然後八點就會自動醒來，時間就會變得相當好用，有時甚至還會覺得有點漫長。

但時間再多也好，當你不能集中去做好一件事時，下一秒，就只會變成一種浪費的憑證。看，我又浪費了一小時、一整天、一星期、一個月、一整季的時間。越是想要努力，越是感到自己的無能為力，不論是對著林幸兒，還是對著課本與論文。

唯一可以讓我奮力支撐下去的，竟然是晚上的兼職工作，因為客人的問題，總會有可以解決的時候，只要我耐心工作，就能夠如期完成；每次客人向我道謝，也為我帶來一點點被需要的感覺……有點諷刺，明明這份工作也讓我每天都感受到她的冷漠，我卻開始甘之如飴。

然後到了三月，有一天放假，我一個人在銅鑼灣市區漫無目的地遊逛時，竟然在路上看到張子俊。

當時他手牽著的並不是林幸兒，而是一個我不認識的女生。那一刻，我有股衝動想立即走上前，抓住張子俊問個究竟。但我跟在他們身後，走了一條街、又一條街，心裡不停有一道聲音說，其實這一切已經與我無關吧？

最後，我在時代廣場熙來攘往的人潮裡，失去了張子俊的蹤影。我站在廣場中心，身邊的人彷彿都有著一個明確的目標或方向，走到我的前面，卻又離我而去。而我卻始終不知道，自己應該往哪裡去才好。

161

We're
just
strangers
with
memories

● ● ●

翌日，我回到公司，上司 Travis 跟我們宣布了一個消息：林幸兒付了一個月的違約金，昨天晚上正式離職了。我打開手機，開啟她的臉書，見到她今天更新了一張天空的相片，並在相片下方標註：「是時候，讓自己重新開始了」

只是，在經歷過一些失意與迷惘之後，人有時會不小心忘記了，自己也是需要去愛人。

我不知道她離職的真正原因，但寧願支付一個月的違約金提早離職，是很不尋常的一件事。我望望仍然留在公司裡工作的張子俊，他看起來似乎沒有半點傷感或不自然，仍像平時一樣和同事們友善地談天說笑……

　　不知為何，直到這一刻，我才發現自己原來也有一點生氣。

　　下班後，我用手機輸入了一個短訊給林幸兒：

　　「今天才知道，原來你昨天已經離職了。你還好嗎？願你一切安好。」

　　但是那個晚上，林幸兒一直都沒有回覆。兩天之後，她才簡短地回道：「我沒事，謝謝。」

　　不是已經說了嗎，其實這一切已經與我無關吧？

　　理性是這樣想，但還是會不自禁地想得太多。

162

We're
just
strangers
with
memories

　　每天下午，我都會走到林幸兒家附近的公園，看看會不會碰到她帶小炭來玩。自從和她漸漸變得疏遠之後，偶爾我都會這樣碰碰運氣，但也只是幸運地碰過她一次，而我也只是在遠處偷偷張望，不想讓她發現，怕會驚動她與小炭，也怕最後還是會看見她敷衍微笑的那個陌生表情。

　　可是之後，可是如今，我還是又再來了。

　　然後等了一天、十天、一個月，都看不到林幸兒的身影。

　　在這段時間，我也辭去了工作，Travis 曾經極力慰留，但我還是婉謝了。畢業論文最後順利完成，考試也考完了，不用再上學，其他同學都開始準備尋找心儀的工作、或是去畢業旅行

放鬆一下。

　　Samuel 問我有沒有興趣一起去澳洲，他會與他的女朋友 Rachel 在那邊逗留兩個月，在大堡礁盡情潛水遊玩，我也婉拒了。

　　有一天，我經過以前打工的便利商店，看到店外仍然貼著徵人廣告。我站在林幸兒以前待過的位置，心血來潮，走進店內應徵，想不到店長已經換人了；但我還是順利得到了工作，上班時間是早上七點到下午三點。每天下班之後，我會搭巴士去九龍城，在合成糖水吃一碗清心丸糖水，然後再慢慢走到九龍寨城公園，直到天色完全昏暗下來才動身回去。

● ● ●

163

We're
just
strangers
with
memories

　　六月的第一個星期天，我如常坐在公園裡，看著小朋友在盪鞦韆，家長們在旁邊忙著照料。邁入夏季，天氣開始炎熱，這天太陽有點猛，不一會我的額上已在微微冒汗。我正想掏紙巾出來擦汗，忽然有人就向我遞上一張紙巾，我忍不住回頭，看到林幸兒抱著小炭，默默地站在我的身後。

　　「謝謝。」

　　我說，然後接過紙巾。林幸兒沒有回話，就只是緩緩坐在我身邊，然後放下小炭，讓牠自由地散步。

　　但小炭就只是杵在原地，沒有移動，一雙眼睛定定地看著

會忘記了，自己其實仍然擁有，愛一個人的力氣。

我。我也看著牠，一直默默地看著。過了一會，牠對我喵了一聲，然後走到我前面，用牠的頭往我的腳上蹭。我輕輕撫摸牠的額頭，牠瞇起眼睛，像是很舒服似的。我有點感動，微笑說：「想不到牠還認得我呢。」

我又搔搔小炭的下巴，輕輕撫摸牠的背部，牠呼嚕嚕地叫了起來。這時林幸兒才回道：「牠永遠不會忘記你的。」

「其實忘記我也沒關係。」我又拍拍小炭的額頭，林幸兒為小炭解開了遛貓繩，然後讓牠開始這一天的公園巡視之旅。我說：「總有一天，牠會展開新的生活，遇到更重要的、更值得珍惜的家人，一起幸福地生活下去。到時牠還記不記得我，也不是那麼重要了。」

164

We're
just
strangers
with
memories

林幸兒看著小炭漸漸走遠，過了一會，她問：「為什麼你會來到這裡？」

我輕輕微笑一下，回道：「我在附近約了朋友談一些事情，談完了，忽然心血來潮，於是就過來坐坐。」

「待會不用上班嗎？」

「你說電信公司嗎？我辭了那份工作了。」

「原來如此。」

「嗯。」

然後，我們兩人默默看著在遠處追著蝴蝶的小炭，好一會都沒有再說話。

「明天……」

「嗯？」

「明天我要去歐洲兩個月。」她這樣說。

「去這麼久？」我有點呆住。

「我拿到了獎學金，到法國上一個短期課程，第一個月會先寄宿在法國的一個家庭，第二個月才是我自己的行程。」

「原來如此……恭喜你拿到獎學金。」

「對不起。」

「為什麼道歉？」

「因為最初，我們曾經打算一起去歐洲自由行……」

「其實，如果你希望我去，我現在隨時可以準備，我隨時都可以陪你去。」我低下頭來，微笑說下去：「其實，就只是看你想不想。」

林幸兒沒有回答。我看著她，她仍然在看著遠處的小炭，只是我知道，她眼裡的焦點，如今仍然是落在更遙遠的某段過去。

也許直到現在，她始終不曾自覺，自己偶爾會在別人面前，流露出這一種眼神。

而每一次，當我看到她的這種眼神，我都會想知道，她一直在思念的人，到底是誰。

然後偶爾，當我以為她沒有再流露這種眼神時，我又會心存僥倖，是不是她終於放下了那一個誰，是不是我終於可以向她表達，內心的真正想法與感受。

165

We're
just
strangers
with
memories

到最後你或許會發現，原來不是用更多時間，就能夠成功忘記某一個人。

只是每一次，當我想開口的時候，她又會不自覺地用這一種眼神，來告訴我這一個答案。

　　我輕輕地呼吸一下，苦笑說：「有時真的不明白，為什麼，始終不可以是我。」

　　林幸兒望向我，輕聲問：「『不可以是我？』」

　　「你可以跟其他人在一起，但無論我再如何付出、或默默堅持，我始終都不會在你的選擇範圍之內。」

　　「因為……」林幸兒低下頭來，又抬起臉苦笑了一下，說：「因為，你是不同的。」

　　「不同的？」

　　「你是最了解我的人，也是我最重要的一個朋友，所以……」

166

We're
just
strangers
with
memories

　　說到這裡，林幸兒一臉欲言又止的神情。我耐心地等她說下去，但最後她還是輕輕搖頭，只是說：「對不起。」

　　我吸了一口氣，無奈地說：「你不用道歉，真的。」

　　她輕按著我的右手，又說：「我知道你對我好。」

　　「但是，喜歡一個人，並不是對你好就可以，是嗎？」

　　林幸兒又不說話了。

　　「有些事情，本來就是沒法勉強。」

　　「嗯。」

　　「我只希望，就算我不能夠和你在一起，但至少可以一直陪在你的身邊，去做一個最了解你的人。」

她的雙眼彷彿有一點無奈，但是又流露出深切的悲哀。她微微苦笑一下，對我輕聲說：「其實一直以來，你都是最了解我的人。」

　　但我看著她，一直看著這一個，如今願意坐在我身邊的這一個人。我吸一口氣，將這番一直藏在心底的話，向她傾訴：

　　「林幸兒，我知道你很多事情，我了解你很多習慣與個性，我與你也有過很多共同回憶，但當我越努力地去關注、凝視你，我就越會發現，自己其實並不真正了解你這個人。但我們已經認識快要四年了，我也喜歡了你很久很久，你應該是我這段日子裡認識最深、最熟悉的一個人；但是每次當你突然離開，每次當你眼裡又突然失神，我都會覺得，其實自己就只是你的一個陌生人，一個可以突然被你遺忘、冷落、疏遠、捨棄的對象，我從來都沒有資格可以真正住在你的心裡……」

　　說到這裡，林幸兒用手輕掩著我的口，不讓我再繼續說下去。

　　此刻她的雙眼，已經泛起了一抹淚光。

　　我輕輕移開她的手，對她說：「是我不好，我不應該對你說這些話。」

　　她卻搖了搖頭，用左手牽著我的右手，並將頭輕輕倚靠在我的肩膀。

　　然後我感受到，淚水一點一點落在我的衣服上。

　　我怎麼忍心再繼續說下去。

167

We're
just
strangers
with
memories

不是待一個人更好，就可以換到對方更多的珍惜與喜歡。

「明天……」

「嗯？」

「明天，你可以來送我機嗎？」

「幾點鐘的航班？」

「下午五點二十分。」

「可以啊。」

「謝謝你。」

然後她抬起頭，輕吻了我的臉頰一下。

我心裡無比感慨，但還是努力讓自己微微笑了一下，雖然她其實不會看見。

這一個吻，我知道，並不存在著太多愛情。有的，就只是一份感謝，有的，就只是一種想要回報的情感。

那不就是我一直都想要得到的回應嗎？

只是來到這一天、這一個黃昏，我們坐在這個公園裡，一起看著小炭在遠處跟小孩子嬉戲，一起感受著從天上吹來的微微晚風，淚與汗珠已經漸漸消散，但她依然緊緊地牽著我的手，彷彿是要證明什麼，也彷彿是想尋回什麼……

我知道，以後，永遠，我都不會忘記這一幕情景。

這一幕，既幸福，也充滿傷感的，再見。

168

We're
just
strangers
with
memories

•   •   •

林幸兒到了法國後，我每天都會和她用短訊聊天，分享彼此的生活。

她寄宿的地方位於法國南部，是一對老夫婦的家。由於老夫婦不擅英語，她只能用自學的法語勉強和對方溝通。但老夫婦都是好客友善的人，也教了她很多日常會用到的法語，漸漸她也不害怕去跟當地人溝通。

每天早上，她都要到大學上課，下午基本上都是自由時間，她會到附近的市鎮四處遊逛，或是買一杯咖啡、一個麵包，到海邊聽浪聲與海鷗的叫聲。假日，她會乘坐火車到其他城市遊覽，或是到新認識的同學家裡作客。而每到星期天的晚上，她都會給我一通視訊電話。

在電話裡，她總是會跟我說，很想念家裡飯菜的味道，每天吃麵包都快要吃膩了。然後她又會說，很想念小炭，好想快點回家抱抱牠。

而我總是會笑著告訴她，要好好享受這一趟旅程，因為這是她夢寐以求之旅，將來畢業後，也不知道還有沒有這樣的時間可以任意去長時間流浪了。接著她便會說，如果我現在可以在她的身邊，一起經歷這一切事情，那有多好。

我告訴她，如果她現在可以在我的身邊，一起分享我此刻的喜悅，那又有多好。但其實最重要的是，她現在真的感到開心自在，就已經很足夠了。每次最後，她都會忍不住哭了起來。

我知道她是有點想家，畢竟一個人待在外國，雖然可以暢

169

We're
just
strangers
with
memories

兩個人是否可以在一起，除了要看有多少喜歡，也要看彼此還有著多少決心。

遊不同的國家，但也難免會感到孤單。漸漸，她打電話給我的
次數越來越頻繁，從每星期一次，變成每三天一次。在我特地
寄了一個裝滿零食的包裹到她法國寄住的家之後，她更是每天
晚上都會打電話給我。

直到後來她離開法國，到德國、瑞士、義大利、西班牙、
波蘭這些國家，因為青年宿舍未必有穩定的網路，她才改回每
星期天晚上給我一次電話。只是每次，我們彷彿有說不完的話
題，除了她在歐洲遇到的新奇趣事外，還有自出生以來所發生
過的種種回憶，我們都好想要全部說給對方聽。

彷彿是一種確定，對方就是可以接收自己過往所有喜怒哀
樂的另一個人。

也彷彿，如果不把握機會在掛線之前將一切都說清楚，以
後就未必會再有說下去的機會與運氣。

170

We're
just
strangers
with
memories

•　•　•

有一天，我需要回去大學處理一些事情，在校門前，遠遠
看到了 Tiffany 的身影。

她的身邊，還有著一個男生，兩人手牽著手，神情親密。

我讓自己微笑低頭，裝作沒有發現他們，不想造成任何尷
尬或打擾。

想不到，後來我在餐廳想買汽水時，還是碰到她。

「好久不見了。」她主動過來跟我打招呼。

「好久不見。」我也笑著回她。

「今天為什麼回來了？」

「學弟在籌辦迎新活動，我回來給一點意見而已。你呢？你為什麼也在今天回來？」

「我陪男朋友回來拿一些碩士的課程資料。」

「啊，你們會繼續讀碩士嗎？」

「嗯，家人都不太贊成，但我們也不管了。」說完，她向我吐吐舌。

「能夠清楚自己的目標，真好呢。」我由衷地說。

「你呢，找到了心儀的工作了嗎？」

「還在找。」

「我相信，你一定會順利找到的。」Tiffany 微笑著說。

「謝謝你。」

「你……」

「嗯？」

「你還在等那一個人嗎？」

聽到她如此直接詢問，我有點不知道應該如何回答。

「對不起，我不應該這樣問你。」她向我躬身道歉。

「不，不，其實我很感謝，自己能夠讓你如此關心。」我笑著說。

「嗯……希望你最後能夠等到她。」

171

We're
just
strangers
with
memories

愛你的人，懂你的人，陪你的人，有時可能不會是同一個人。

「嗯，但其實我已經不抱期望了，可以繼續陪著她，我就已經心滿意足。」

「你不可以讓自己也失去信心呢。」她溫柔地看著我，認真說下去：「如果連你自己也心灰意冷，最後就可能會真的不成了。既然你仍然喜歡那一個人，如果你始終不想放棄，那就應該要讓自己義無反顧地喜歡到最後。」

我看著 Tiffany，看著這一個曾經被我自己錯過的女生，心裡有點感動。最後我笑著對她說：「嗯，謝謝你，我會加油。」

她微笑向我點一點頭，這時她的男朋友剛好來到餐廳，她向我揮揮手，然後就立即走到男朋友身邊，挽著他的手臂離開。

我看著他們的身影漸行漸遠，輕輕呼了口氣，告訴自己也要加油。

告訴自己，就算明知不會等得到，也要義無反顧地喜歡到最後。

•　•　•

然後，到了八月第二個星期天，也是林幸兒回來前的最後一個星期天，林幸兒在電話裡，忽然這樣問我：「你想，當我回來之後……我們會不會在一起？」

那一刻，我實在不知道應該怎樣回答。我笑著反問她：「你有想過跟我在一起嗎？」

想不到，她竟然這樣回答：「我有想過。」

我閉起了雙眼，失笑問道：「那在你的想像之中，如果我們在一起了，會是怎樣的情景？」

「嗯，你嗎，應該還是會對我很好吧，也應該會很愛管我吧，因為你一直都缺乏安全感，我知道的。但是，我以後都會聽你的話，讓你管著我，不會再讓你為我的事情擔心，我會認真地去做你的女朋友，不會再突然消失不見，以後我們每天都會過得很快樂，我們會組織一個屬於自己的家，有你、有我，還有小炭……」

說到這裡，話筒傳來了她的哭聲。我的眼角也流下了淚水，但還是努力讓自己笑著說：

「那麼，等你回來後，我們就在一起，以後都要開開心心地生活，一起白頭到老，好不好？」

林幸兒也笑了，努力地調整呼吸，然後肯定地回道：

「好啊。」

那夜，我們聊了五個小時電話，直到她累極要去睡了，直到窗外已經烈日高照，我們最後約定，星期二的晚上我會去為她接機。

我放下手機，到洗手間梳洗，家人都已經出門去了，屋內就只剩下我一個人。我到廚房煮了平時愛吃的辛辣麵，煎了一顆蛋、兩條香腸，再到冰箱開了一罐老爸的啤酒，打開收音機，聽著電台節目，開始吃我的早餐。

173

We're
just
strangers
with
memories

明知他心裡有一個更喜歡的誰，那為何你卻為了成為亞軍而苦苦堅持。

雖然現在是八月，陽光十分猛烈，我也忘了開冷氣，但是我竟不覺得有半點悶熱，辛辣的味道彷彿也刺激不了我的味蕾。一切都很平靜，我甚至聽到了微風吹進來的街童玩笑聲、鄰居在關上大門時空氣所帶來的振動。我不禁想，這一種心如止水的感覺，自己已經有多久沒有嚐過。

　　然後這時，收音機忽然響起了一段熟悉的音樂。是梁靜茹的〈可惜不是你〉。

　　我靜靜聽著，聽著。

　　淚水再也忍不住，悄然滑落到湯碗之中。

可惜不是你

|作詞| 李焯雄　　|作曲| 曹軒賓
|編曲| 陳飛午　　|主唱| 梁靜茹

這一刻　突然覺得好熟悉　像昨天　今天同時在放映
我這句語氣　原來好像你　不就是我們愛過的證據
差一點　騙了自己騙了你　愛與被愛不一定成正比
我知道被疼是一種運氣　但我無法完全交出自己
努力為你改變　卻變不了　預留的伏線
以為在你身邊　那也算永遠
彷彿還是昨天　可是昨天　已非常遙遠
但閉上我雙眼　我還看得見
可惜不是你　陪我到最後　曾一起走卻走失那路口
感謝那是你　牽過我的手　還能感受那溫柔

175

We're
just
strangers
with
memories

以後，每次你聽見這首歌，都會不自禁地想起，一個不會再見的誰。

· · ·

後來，星期二的晚上，我去了機場等林幸兒回來。

但是林幸兒沒有出現。

她回來了，只是她沒有再出現在我的面前。

· · ·

半年後，2012 年的情人節前夕，我在旺角的行人路上，遠遠見到她與張子俊在一起。

我沒有讓自己出現在她的眼前，就只是遠遠跟在他們身後，看到她笑得很快樂，看到她如今的雙眼裡，就只有眼前的那一個人……

我讓自己停下了腳步，看著他們的背影漸漸消失於人海，落寞地笑了。

還好，她過得還好。

自從林幸兒回來後，她立即封鎖了我的臉書與 WhatsApp，我就無法再去知道她的近況。

不過即使沒有被封鎖，聽程曉彤說，林幸兒的臉書也越來越少更新，所以她也無法確知林幸兒的生活。

程曉彤只是聽其他老同學說，林幸兒找到了一份與旅遊有

關的工作，經常都要飛到外地。程曉彤曾經傳過訊息邀請林幸兒參加她的婚禮，但是當程曉彤說我也會出席，林幸兒最後也只是回覆說沒有時間……

她是不想見到我。

既然如此，我就不要再出現在她的面前，不要再接近她可能會經過的地方，不要再奢想如何去默默地遙遠地守護，不要再去回望那些似有還無的共振。就算是有多掛念或不捨，有些人還是不應該再見。反正再見了，也是不可能一起走到白頭，反正再說更多、再問清楚，有些答案始終都不會改變。

想想，如果真的可以在一起，其實早就應該已經在一起了。再繼續糾纏，最後也只會讓彼此生厭。那倒不如，讓彼此的記憶停留在最後的一通電話裡，倒不如，讓她最後的那一聲晚安，代替我們最後始終沒有說出口的再見……

林幸兒，你說是嗎？

• • •

有一天，我在家裡吃完午餐，正準備出門到便利店上班，無意中在電視機的一個音樂節目裡，看到了小炭的身影。

我坐在電視機前，再三凝神細看，確認螢幕裡女生抱著的黑貓，真的是小炭。女生正在接受節目主持人的訪問，她的名字叫林可兒，是今年才出道的樂壇新人。我知道她是林幸兒的

177

We're
just
strangers
with
memories

後來你終於學會笑著說道別，笑著去相信，對方有天會再回來自己身邊。

妹妹，除了她們臉上的輪廓十分相似之外，也因為以前林幸兒曾經跟我說過、她的妹妹總是有著歌星夢，想不到如今她真的成為了一個歌手。

只聽見主持人問林可兒：「今天可兒你帶來的這一隻貓咪，真的好可愛啊！牠叫什麼名字呢？」

林可兒笑著回答：「牠叫小炭。」

「小炭！這名字很有趣啊！為什麼會幫牠取這一個名字？是因為牠是一隻黑貓嗎？」

「小炭的名字是我姊姊的一個朋友取的，據說那個朋友很喜歡《蠟筆小新》這部漫畫，因為主角小新所養的狗叫小白，所以那個朋友就提議幫牠取名為小炭了。」說完，林可兒微笑輕輕搖頭。

178

We're
just
strangers
with
memories

「原來是這樣，但小炭這個名字也很好聽呢。小炭現在有多大了？」

「牠今年兩歲。」

「小炭平時是不是很黏人？我看牠一直黏著你的手，不願離開。」

「牠其實很怕生呢，從來不肯跟陌生人接觸，我也是從這一年開始，才可以漸漸和牠變得親近，之前牠最喜歡黏著我姊姊。」

「那你平時會陪牠玩嗎？」

「我們會帶牠到公園散步。」

「但是貓咪這麼好動，喜歡跳來跳去，你們不怕牠會在公園裡走失嗎？」

林可兒眨了一下眼睛，然後笑著回道：「最初會擔心，但是朋友說，如果你是用真心對待你的寵物，牠感受到你的愛，牠就不會輕易離你而去，就算意外走失了，牠還是會記得要回來找你。」

• • •

「是真的嗎？」

那時候，我跟林幸兒說完這一番話之後，她露出了一個半信半疑的表情。

「是真的，我朋友養的貓也是這樣。」我肯定地回答，但其實我只是聽了小雪男朋友余文杰的說法。

「你朋友養的貓……也曾經走失過嗎？」

「啊，不是走失了……但是你養小動物，總不可能一直將牠困在家裡嘛。其實你應該反過來想，如果小炭會跟你出門，那就是代表牠開始信任你，願意出外與你一起冒險。」

「那……我就這樣抱小炭上街去玩嗎？」

「當然不是，首先你要買一條遛貓繩，透過慢慢的練習及獎勵，讓小炭願意甚至喜歡穿戴遛貓繩，這可能要花兩星期的時間；之後等到小炭開始不抗拒遛貓繩時，就可以準備帶牠上

179

We're
just
strangers
with
memories

並不是因為真的太想他回來，而是你希望這份思念，可以變得更純粹、更漫長。

街了。」

「原來，你真的有做過功課呢。」

「什麼功課？」

林幸兒卻不說話，就只是向我做了一個鬼臉。

後來，她第一次帶小炭出去玩，小炭太興奮了，見到一隻蝴蝶，就忍不住跑去追趕。林幸兒沒有抓緊遛貓繩，小炭轉眼就不見了蹤影。

等到我收到了林幸兒的來電求救、我跟學生取消了家教、搭計程車趕到九龍寨城公園與她會合，天色已經開始昏暗下來。

九龍寨城公園的面積十分廣闊，我們幾乎搜遍了整個公園，還是沒發現小炭的蹤影。然後，我們回到小炭走失的地方呆坐，我正想說些什麼來安慰她，卻看見小炭正站在一棵樹下，雙眼定定地看著我們……

180

We're
just
strangers
with
memories

那天晚上，林幸兒一直抱著小炭又哭又笑，猶如一位幾經辛苦終於尋回愛兒的慈母一樣。

那天晚上，回到她家樓下時，她忽然踮起雙腳，在我的耳邊輕輕說了一聲「謝謝」。直到現在我還記得，她臉上的那一抹紅。在她明亮的雙眼之中，我們彼此的心是靠得有多近。

•　•　•

「哥，你今天不用上班嗎？」

忽然耳邊傳來了小雪的聲音，我抬起了臉，原來是她剛剛回到家裡來了。我笑了一下，說：「要上班，但是還有時間。」

「嗯。」小雪放下了背包，看見電視裡的林可兒，忽然又說：「咦，這不是小炭嗎？」

「你也認得小炭。」我落寞地笑了一下。

「怎會不認得啊，你的手機仍是用牠的相片做桌布。」

小雪笑著看我一眼，然後就坐在我的身邊。

我默默看著電視裡的小炭，不一會節目換成另一個環節，再也看不到牠那可愛的眼睛。小雪忽然說：「哥，你也是時候應該放下了。」

「我已經在放下了。」我呼一口氣。

181

We're
just
strangers
with
memories

「如果你是真的在放下，那你為什麼還會在便利商店工作，為什麼還會常常跑步去灣仔碼頭，為什麼還要留著小炭的照片作手機桌布呢⋯⋯」

我沒作聲，只是拿起了自己的手機，開啟了螢幕。小雪輕輕嘆了口氣，又說：「我知道你其實已經很努力了，只是你也是時候要放過自己⋯⋯這兩年來你變了很多，你知道嗎？」

「有嗎？」

「你自己沒發現吧，現在你已經習慣低下頭來說話，就算是在家裡，你說話時都不會看著我們的眼睛⋯⋯」

聽到小雪這一句話，我忍不住抬起了臉，看著她的雙眼。

曾經再如何努力或認真，到頭來，有些人還是會變成一段過去吧。

只見她的雙眼已經泛紅，但臉上還是努力地擠出笑容。我撫了一撫自己的臉頰，對她笑著說：「對不起，這段時間一直都讓你們擔心了。」

小雪卻搖搖頭，說：「你是我的哥哥，擔心你也是應該的。」

「嗯，我之後會振作的。你……最近跟文杰過得還好嗎？很久不見你帶他回來吃飯呢。」

「我們……」小雪看了我一眼，然後低下頭來，續說：「我們已經分手了。」

「分手了？什麼時候？」

「已經三個月了，哥。」

182

We're
just
strangers
with
memories

小雪對我苦笑了一下。我知道，是因為我一直都困在自己的世界裡，所以才會連妹妹失戀了這一件事也毫未察覺。是我真的太粗心大意。但我看著她的雙眼，感到她如今在提起這一件事的時候，神情並沒有太多傷感。我問她：「為什麼會分手？」

「因為，嗯，其實很簡單，就是他的心裡出現了第二個人。」說完，小雪輕輕嘆了一口氣。

「是他背著你出軌嗎？」

「嚴格來說，是沒有的。只是在他的心裡，總是會有那個人的影子，而我們都無法再逃避這一個事實。所以最後，我向他提出分手了。」

小雪雖然說得平靜，但是我知道，要下這樣的決定並不容

易。誰都知道要放手，但是真的可以灑脫地離開，卻是需要極大的勇氣與決心。我按著她的手，對她說：「辛苦你了，也抱歉我這麼遲才發現這一件事。」

「我也沒有告訴媽媽，你就不用太自責了。」小雪向我做了一個鬼臉。

「如果給老爸知道了，他可能會很生氣。」我也吐吐舌。

「所以呢……我也已經習慣，將一些感受與情緒放在自己的心裡。」說到這裡，小雪頓了一下，然後又看著我說：「但是啊，希望你偶爾也可以向我分享一下你的想法或感受，尤其是，當你感到很疲累、很迷惘，甚至無比委屈的時候，你可以跟我說啊，雖然我未必能幫到你一些什麼，但是我一定會陪著你的……你知道嗎？」

我看著她泛紅的雙眼，淚水在眼眶裡快要落下的樣子，忽然深深覺得，能夠擁有這一個妹妹，是我的無比運氣。我輕輕拍了一下她的頭，說：「好的，哥答應你了，以後有什麼都會跟你說，不會再讓你擔心。」

「是真的嗎？」

「真的。」

「那就好！那我幫你刪除手機裡的這張桌布吧！」說完，她就真的拿起我的手機，想要刪除小炭的桌布。

我連忙按著她的手，嚷：「喂，為什麼突然要刪除桌布？」

小雪靜靜看著我，然後微笑說：「因為，你想放下嘛，如

183

We're
just
strangers
with
memories

只不過，他還是會繼續藏在你的心裡，伴你經歷更多，一起成長。

果不這樣做，你就不能夠重新開始了。我知道，即使現在刪除了你手機裡的桌布，之後你還是會有方法再重新上傳小炭的照片，你可能還是會再將它設定成你的桌布。就好像是原地踏步一樣。但即使如此，也不等於你所走過的路沒有意義啊，在你失去了某些東西之後，你也曾經展開了失去某些事物的旅程，你也會試著去習慣適應沒有那樣東西時的感覺，你還是在一直學習、在成長。我自己是這樣相信的。所以即使，有時我依然會很掛念他，依然會想和他重新開始，但我會提醒自己，在這段日子是走過了多少的路，想通了多少煩惱，才能夠成就了這一刻還可以微笑著呼吸的我。如果我竟然因為自己又回到了起點，而漠視了在這段旅程裡所體悟到的一點道理，也忘記了沿路上每一個人曾經給予過的溫柔與支持，然後竟然讓自己太輕易地放棄了自己的初衷，我又怎對得起那個時候的自己，還有一直疼愛我的人呢？」

184

We're
just
strangers
with
memories

　　說到最後，她終於再也忍不住，流下了淚。我努力強忍了淚水，找了一張紙巾讓她抹淚，想不到她卻趁著這個時候，將小炭的桌布刪除了。我又好氣又好笑，對她說：「你……真的長大了。」

　　小雪抹了一會眼淚，忽然笑說：「哥，不如我們一起去旅行散心吧。」

　　「好啊，你想去哪裡？」

　　「唔……去台北吧，我有一個同學下個月剛好也會去台北，

我們可以互相照應。」

「你的同學……是男生還是女生？」

小雪嗔道：「當然是女生啊！我又怎會和別的男生去旅行，你以為我這麼隨便嗎？」

我苦笑一下，回道：「不，其實我只是對女生有抗拒罷了。」

「你不會因為傷心過度，變成喜歡男生吧？」

「或許我只是尚未準備好，在旅程中認識一個陌生人。」

「嗯，慢慢來吧，雖然說是一起去旅行，但你也沒必要勉強自己去和她交好，又或許，我的朋友也不會把你放在眼裡。」說到最後，小雪竟然向我做個鬼臉。

嗯，或許是我想得太認真吧。

也是，一直以來，我都將自己與林幸兒的關係，想得太過認真。

太希望得到她的認可，卻漸漸失去了對自己的信心。太想去了解她這個人，但到最後我反而感到越來越迷失，甚至忘記了自己的初衷。

差點就以為，自己是一個不值得去讓別人珍惜的人，自己是一個沒有資格去愛人的人。

但其實，我身邊就已經有著願意珍惜我的親友，我身邊就早有一個需要我去關心的妹妹。

其實，我們可以為更多不同的人，帶來快樂與幸福，而不

185

We're
just
strangers
with
memories

即使以後你們不會再見，他也不會知道，在你手心的生命線，曾經留下一道不會磨滅的痕跡。

是只有某一個自己最不想去放下的誰。

只是有時我們會忘記了。只是有時我們會太遲才重新記起而已。

· · ·

一個月後，我、小雪，還有她的大學同學，來到了台灣本島最北的海角「富貴角」。

那裡有一座全台灣最北端的燈塔，可以看到一望無際的大海，但除此之外，附近就只有一座漁港，並沒有太多值得遊覽的地方。

186

We're
just
strangers
with
memories

但是不知為何，當我們在旅遊書看到這個地方時，都不約而同地說要到這個地方看看。

然後我們三個人，就坐在大海之前，看了一整個下午。偶爾說幾句話，偶爾哼一段歌詞，也不覺得悶。

不知看了多久，小雪突然說要上洗手間，留下我與她的同學繼續看海。那個女生叫簡珮兒，外表並不算很漂亮，但是每次當我看到她的雙眼，都會讓我有一種似曾相識的感覺。

漸漸我記起，以前與林幸兒一起看海的那些日子，她也總是帶著這一種目光，在回憶裡搜索某一個人的身影。

「我聽小雪說，你之前經常四處旅行？」我問她。

「嗯。」

「是因為喜歡旅遊嗎？」

她微微搖頭，沒有回答。

過了一會，我微笑著說下去：

「我猜，你是希望在旅程途中，找到某一個人吧？」

她看了我一眼，問道：「是你妹妹告訴你的嗎？」

「不，她從來沒有告訴我你的故事。」

「那⋯⋯你怎麼猜到的？」

「因為，」我吸了一口氣，緩緩地說下去：「你的眼神，像是心裡放不下某一些事與人。」

然後，她沒有再問什麼，只剩下海浪聲與風聲在我們耳邊繼續迴盪。

「你試過在茫茫人海中，去尋找一個不小心錯過的人嗎？」

「我沒試過，但我曾經認識過一個這樣的人。」

「那是誰呢？」

「她是我最喜歡的人，她的眼神和你很相似，總是彷彿在尋找一些失落的什麼。」

「那麼，後來她有找到那個錯過的人嗎？」

「我不知道。」

「那⋯⋯你們後來有在一起嗎？」

「唔⋯⋯我也不知道。」

「不知道？」

「曾經，我們每天都會在一起，曾經，我們彷彿是對方生

總有些人，需要完全地斷絕往來，才能夠讓彼此重新開始，才能夠真正地放過自己。

命裡最親近、最熟悉的一個人……但縱然如此，後來我們還是沒有成為一對，來到這天，也是已經變得無比陌生……」

「會覺得遺憾嗎？」

我搖搖頭，微笑一下。

「那如果讓你重來一次，你會去喜歡這一個人嗎？」

一直以來，我偶爾都會反問自己這一個問題。

如果從來沒有認識林幸兒，如果這些年來，我沒有如此執迷地去喜歡過這一個人，然後在過程中，經歷過一些受傷、寂寞、灰心、迷惘、困倦、後悔，有時會看不清方向，有時努力到最後，會發現自己其實無能為力……

如果我沒有經歷過這些，如果我從一開始沒有遇上林幸兒，那麼我是不是就會展開另一段不一樣的人生？

188

We're
just
strangers
with
memories

我不知道。來到這天，我還是無法知道這一個答案。

然後我又想起，來到這天，自己還是無法離開她的影子；不知道她是否依然安好，不知道此時此刻，她是否也可以看得見如此無瑕的天空……

想到這裡，我不由得微微苦笑了。

「我想，我還是會繼續選擇喜歡這一個人吧。」

「即使她最後也沒有跟你在一起？」

「但如果我跟她在一起了，今天我又怎可能來到這一個海角，欣賞這一片壯闊的大海，還有湛藍的天空？」

聽見我這樣說，原本一直帶點冰冷的簡珮兒，臉上綻放了

一絲溫柔的笑容。

　　但是她接下來的問題，又讓我瞬間掉進了冰窟：

　　「對了，一直都想問你……你叫什麼名字？」

　　「……兩天前小雪不是已經給你介紹過嗎？」

　　她向我吐吐舌，雙手合十，然後又說：「對不起，那時周圍太吵了，我沒有聽清楚她說什麼。」

　　「那你之後也可以再問我啊！」我想我是應該生氣，但不知為何，說到最後，我竟然笑了起來。

　　「我現在不是在問你了嗎？」

　　然後，她向我眨了眨雙眼。然後，不知為何，我心裡有點呆住了。然後，小雪剛巧就在這個時候回來，笑著問我們在聊什麼。然後我終於想起……

　　最初自己是如何被那一雙眼睛吸引，後來更無法自拔地，愛上了那一個人。

最喜歡的人，有時未必可以走在一起，但心坎裡的誰，卻可以伴你到老白頭。

最終章

你是我最熟悉的陌生人

We're just
strangers with
memories

「你知道嗎，有時候，就是因為覺得無法理解對方，所以才會變得更加想要靠近去理解，也會變得更加喜歡對方⋯⋯」

「不會覺得這樣的自己很傻嗎？」

「傻嗎,或許吧⋯⋯但愛一個人,有時就是會這樣傻,即使明知道可能會受到傷害,但仍是會心甘情願繼續接近這一個陌生人。生活本來就是一場探險,愛一個人也是一樣,沒有人能夠保證最後一定會找到幸福,但如果總是在害怕,幸福也只會離我們越來越遠啊。」

/ 2018

2018 年 3 月 20 日。

還記得，那天早上醒來，我與簡珮兒聊了一會電話，約好兩天後晚上到她家裡吃飯；如果之後還有時間，就到我們的新家去看裝潢的進度。掛線後，我到洗手間去刷牙洗臉，吃過早餐，正準備換衣服去上班時，手機忽然響了起來。

我看著手機的螢幕顯示，是「林幸兒」。

然後我想起，已經有七年，沒有接到她的來電了。

這六年來，曾經換過幾次手機。每次要重新輸入或更新手機聯絡人的時候，我都有想過，是否要刪除她的電話號碼。

但是每次還是沒有刪除。不是因為不捨得，而是因為直到現在，我仍然清楚記得她的手機號碼……

194

We're
just
strangers
with
memories

如果你曾經試過，為了節省手機的通話費，於是唯有用家裡的電話打電話給某一個人。每次在你輸入對方號碼的時候，你都會在心裡默唸一遍對方的號碼，彷彿是要讓自己的記憶更深刻，彷彿如果可以唸得更快更準確，手指就不會按到錯的號碼，自己就可以更快找到那一個想念的人……

然後，當你將對方的號碼輸入過數百甚至數千遍，那些記憶會成為你生命中無法再分割的一部分。即使到了哪天，你與那個人之間的回憶已經開始褪色，你們之間的關係已經無比陌生，但是她的手機號碼、她的生日這些數字，卻會繼續成為你回憶裡其中一個特別的存在。

仍會繼續讓你因為她的突如其來，而帶來一點震撼。

　　我輕輕呼了口氣，按鍵接聽。但是想不到，我聽到的，並不是林幸兒的聲音。

　　想不到，我以後再不可能聽到，她的聲音。

• • •

　　港島石澳道昨日發生奪命車禍，27 歲林姓女駕駛因同事受傷行動不便，出於好心送對方回家，孰料在回程開到一處斜坡時，車子突然失控，撞上路邊的水泥護欄，駕駛重傷昏迷，送院搶救不治……

• • •

195

We're
just
strangers
with
memories

　　林幸兒的喪禮，安排在一座教堂裡舉行。

　　我來到教堂，這天來參加喪禮的人並不太多，大部分人我都不認識，應該都是林幸兒的親戚。我認得的人，就只有張子俊一個，他在遠處跟林可兒交談，這是我跟林可兒第一次碰面，她卻一眼把我認了出來，走過來跟我打招呼：「你是明風？」

　　「嗯，我是。」

　　她雙眼看著我，微笑說：「謝謝你今天來參加我姐姐的喪禮。」

我看著林可兒，這幾年她越來越紅，不時都會在電視或網路上看到她的演出。但如今我看著她略帶憔悴的面容，雖然依然充滿明星的氣質，卻難掩傷痛，然後也讓我彷彿看到，她姐姐的影子。

　　我微微笑了一下，回答她：「是我應該要謝謝你，特地打電話邀請我來。」

　　林可兒輕輕說：「我想，姐姐應該會希望你來的。」

　　我心裡一動，問道：「你還有請她的朋友來嗎？」

　　林可兒搖了搖頭，說：「以前姐姐曾經打趣說過，如果有天她離世了，要辦喪禮的話，不要辦得太隆重，只要簡簡單單，請親友來參加就可。想不到……這天竟然這麼快就來臨了。」

　　「但……我跟她，其實已經有六年沒有見面了。」我苦笑。

　　「但是這些年來，姐姐經常都有提起你。」林可兒平靜地說。

　　「她……提起我什麼？」

　　林可兒沒有回答，就只是從口袋裡掏出一個細小的信封、交到我的手上，說：「你今晚打開來看，或許就會明白。」

　　然後她對我微笑一下，就繼續去和親友打點喪禮的事宜。

　　我坐在一角，對著信封默然，忽然看見遠處的張子俊微微向我點了一下頭，卻像是沒有意思想要走過來跟我交談。於是我也只是向他微笑一下示好，不敢主動去打擾他。我想，他應該也是為了女朋友的突然離世而無比傷痛吧？

說真的，直到現在，我還是不能接受林幸兒已經逝世這個事實。我有想過，以後可能都沒有機會與她再見，或許我們名義上仍然是朋友，又或者只是我的自以為是，她應該不會想見我，即使她的一切曾經完全佔據了我的生活，也會繼續影響我以後的人生……

　　你是我最熟悉的陌生人，我是你的朋友，一位永遠不會再見的朋友。

　　但即使不會再見，我還是希望她能夠過得好好的，她會找到一份真正屬於她的幸福，她終於會找到一個真正明白她、可以陪她走到最後的那一個人……

　　但如今，她卻比我們提早一步，離開了這個世界。

　　後來，喪禮結束，我離開了教堂，天色開始昏暗下來。我抬頭看著天空，心裡沒有想回家的念頭，卻又不知道想去什麼地方，走著走著，最後還是走到了九龍寨城公園。

　　我已經不太記得，自己有多久沒有來過這個公園了。

　　以前每次重遊舊地，我都會在心裡默默計算，自己有多久沒有來過這裡，自己有多久沒有為了她這個人，而執迷不悟、念念不忘。

　　但如今我已經想不清楚，自己上一次來的時候，是多少年前。是兩年、還是三年？嗯，應該是三年了。那一天，在我遇到另一個真正喜歡的人的那一個晚上，我曾經特地走來這個公

園，曾經走到她家樓下，看著她家裡的燈光，在心裡默默地說：
嗯，我想，我可以放下你了，我終於找到另一個喜歡的人了，
雖然你未必會知道，也未必會在乎吧，但我想，我是時候要與
你說再見了，是時候讓你的一切，變成真正的回憶……

　　但如果我還可以再次親口向你說出這一番話，可以再笑著
跟你說一聲再見，那有多好。

　　我搖了搖頭，走到公園的一角坐下，回想以前與林幸兒和
小炭一起在這裡有過的各種情境。也不知過了多久，我忽然想
起林可兒這天交給我的信封，於是從衣袋裡掏出來打開，只見
裡面有一張細小的卡紙，上面寫著一個網址：

fb.com/maggielam1216

　　這是臉書用戶的網址，雖然寫著林幸兒的英文名「Maggie」，
但我記得她臉書的網址並非這個。我有點茫然，只是心裡不知
為何，又有一點無法言明的緊張。我輕輕吸口氣，拿出手機，
打開瀏覽器輸入網址，然後我看到一個用戶的臉書，然後我看
到了一個……

　　很熟悉的、也很陌生的故事。

· · ·

2018 年 2 月 14 日 23:20
看到明風的臉書公布，他要結婚了，
還貼上他與未婚妻的合照……

真好，雖然不能向他祝福，
但是希望他會得到幸福。
只要他快樂，就已經足夠了。

2017 年 12 月 16 日 23:02
是時候，跟那些不會送出的禮物說再見。

2017 年 1 月 1 日 10:09
新年快樂。

我想，今天他應該會很快樂的。
因為我知道，他已經找到一個喜歡的人了。

今天，他臉上的那種快樂、滿足與幸福，
是我始終無法給予，也無法為他完成。
幸好，他終於找到了一個比我更好、
比我更值得留住的人……
幸好，真的幸好。

199

We're
just
strangers
with
memories

2016 年 12 月 16 日 23:59
嘿，生日快樂

2015 年 12 月 16 日 0:01
生日快樂

2015 年 10 月 8 日 22:22
今夜帶小炭去公園散步時，
想不到遠遠看到明風的身影。

想不到，他仍然會回到這個地方。
我靜靜地跟在他的身後，不想讓他發現。
他的外表跟幾年前一樣，沒有太大改變。
小炭像是也看到牠的爸爸，抬頭向我喵了一聲，
我對牠笑笑搖頭，牠竟然好像心領神會，
沒有再吵再動，只是跟我一樣，
默默地看著他的背影。
走了一會，他離開了公園，
來到我家樓下仰望了一會，
然後就離開了。

我沒有再讓自己繼續跟下去。
即使他留給我的那點觸動，
仍是可以讓我感到如此震撼。
但有些事情，真的不應該再開始，
真的不可以再有下一次……

他是更值得擁有另一個更好的人。
我是不應該再出現在他的生命裡。
來到這天，又何必讓彼此重蹈覆轍，
又何必將這一份最後的默契，變得支離破碎。

200

We're
just
strangers
with
memories

2014 年 12 月 16 日 0:00
其實有時會想，
繼續在這裡緬懷或不捨，又有什麼意義，
如果一切都已經不可能改變，
如果到最後你還是不會回望我這個人，

那麼我自己一直繼續回望，又是為了什麼……

你都已經不在這個地方，就算我去找你，
你的身邊也沒有我可以停留的位置。

有時會想，說到底，
其實就只是我自己入戲太深而已，
由始至終，都是我自欺欺人，
都是我自討苦吃……

然後，又傷害了別人。

生日快樂，生日快樂。
希望明年今日，
自己可以不用再為了這一個其實與我無關的日子，
而又再次失眠。
希望明年今日，我可以勇敢地對你說一聲再見。

201

We're
just
strangers
with
memories

2014 年 8 月 28 日 22:08
有些人，還是不應該再見

2014 年 7 月 30 日 21:50
今天，不知從哪裡來的勇氣，
我在你家樓下，等了兩個小時。

我一邊等，一邊告訴自己，
其實不應該再這樣下去，
其實就算等到了，也不等於可以改變一些什麼……
也許到頭來，也只會讓自己更心灰意冷，
又也許，其實我只是想找一個機會，
讓自己可以學會心死？

然後，我忽然想起，

明風曾經也是如此為我堅持下去。
那時候，他是怎麼做到的？
那時候，他竟然可以為了一個不會回望的人，
而默默地堅守到最後……

想著想著，
心裡竟然冒起一點久違的勇氣。
雖然最後，還是等不到你，
但我知道，如果我可以堅持下去，
如果哪天，我可以毫無保留地對你說清楚，
就算最後還是不會得到我想要的結果，
至少，我還是勇敢地面對了自己一次，
我想到時候，自己也會有足夠的勇氣，
去讓自己重新開始……

明風，謝謝你。

202

We're
just
strangers
with
memories

2014 年 7 月 3 日 23:20
今天聽老朋友提起，
你回來了，和你的另一半回來過暑假。
我心裡有點恍然，問自己，
我應該去找你嗎？
你會想見我嗎？
其實來到這天，你和我之間已經沒有半點聯繫，
即使我和你的臉書仍然會連接，
但最多也只會偶爾按讚一下，就再沒有其他。
說是朋友，但其實比陌生人還要陌生。
如果我還去找你，可能也只會讓你感到唐突？
可能，就只是打一聲招呼，
然後就不知道應該再如何說下去……

2013 年 12 月 16 日 5:02
今天我看了一篇短篇小説，
男主角有天偶然重遇以前的女朋友，
他對女生依然念念不忘，
可惜女生現在已經有另一半了；
最後，他選擇在女生的生日那天，
將與她分開後買給她的生日禮物，
一次全部送給她，然後跟她説再見。

看到最後，心裡覺得有點驚訝，
原來也會有人跟我一樣，
即使不會再見，還是會繼續為對方買一份生日禮物，
然後每年都買一份，
不知不覺就留下了很多份無法送出的禮物……
但我想，我無法做到男主角那樣自私，
如果對方與你根本沒有可能，
那為何還要做出讓對方困擾的行為，
將生日禮物送出，説到底也只是滿足了自己的心願，
只是希望讓對方知道自己的念念不忘，
但對於女生來説，這樣做真的好嗎？
可能，她之後會因為這件事而感到困擾，
可能，也會影響她與另一半如今的幸福……

既然如此，
那不如就將這份感情繼續埋藏在心底，
不需要得到任何人的肯定，
也不需要得到你的允許，
是的，我喜歡你，
我就只是想全心全意地繼續去喜歡你而已。
無論有多少人反對或批評也好，
我也只需要為我自己的感情負責，
就只需要，為我自己負責……

即使最後你還是不會有任何察覺。

生日快樂。

2013 年 4 月 3 日 0:28
一年了。
你和他在一起，已經一年了。

我想，你現在應該會很幸福快樂。
我想，已經再沒有讓我去想的餘地了。

2012 年 12 月 16 日 1:28
生日快樂

2012 年 10 月 20 日 23:50
這一年，終於沒有再收到你的祝福。
其實也是早已預期得到。

204

We're
just
strangers
with
memories

2012 年 4 月 3 日 22:43
看著你臉書上，朋友們分享的照片，
今天的你，笑得很美。

以後我們的距離，只會比現在更遙遠⋯⋯

2012 年 4 月 2 日 2:28
明天，我應該出席嗎？

你說，很希望我去。
但我知道，你想見的人並不是我。

其實我一直都知道的。

2012 年 2 月 13 日 23:08
今天在旺角遇到明風。
剛好，子俊就在我身邊。

剛好……

2011 年 12 月 16 日 0:28
收到你 Email 給我的邀請函。

你問我，可以來分享你的喜悅嗎？

我不知道應該怎麼回答。
我只是裝作興奮地，
問你那天會有怎樣的安排，
會有誰去參加你的婚宴……
最後，我跟你說了一聲生日快樂，
你向我說了一聲謝謝，就再沒有其他……

2011 年 10 月 20 日 20:38
你快樂嗎？

今天醒來，我看著鏡子中的自己，
竟然感到無比的陌生。

如果我能夠放過自己，
如果，我可以讓自己輕鬆一些，
如果我不是那麼執著，
如果，我勇敢一點去追尋我的理想……

如果可以什麼都不用再想，多好。

如果這些事情，想到最後真會得到一個答案，
真可以讓我自己從此心息，多好。

2011 年 9 月 20 日 21:22
不知道他現在過得怎樣？

不知道，他是否可以從此將我忘記……

2011 年 8 月 16 日 23:29
回到香港了。

回到家裡，妹妹問我，
為什麼提早了一天回來；
我說是因為太想念她，
她卻看著我，輕輕嘆了一口氣，
然後給了我一個擁抱。

很久沒有見小炭了，
牠一直黏著我，好溫暖，
溫暖得讓我有點心痛。

2011 年 8 月 15 日 8:32
他說，
等我回來後，我們就在一起，
以後都要開開心心地生活，
一起白頭到老，好不好？

我說，好啊。
只是內心的傷痛，也是再無法遏止。

2011 年 8 月 12 日 17:04
就快要回香港了。
但回去之後，又可以怎樣呢？

還以為，換了另一個環境，
去到更遠的地方，
我就可以將你忘記，重新開始……

但最後，還是只會加深無能為力的感覺，
還是會讓自己傷害了更多人。

明風對我很好，真的。
但是，他對我越好，
心裡的自責感也是越覺沉重。
我真的很努力，想要與他在一起。

只是，我又能夠成為他心目中最想要的那個人嗎？
他喜歡的，又是真正的我嗎？

我可以一直假裝下去，
到最後，辜負他的人，依然是我。
如果我繼續欺騙他，
到哪天終於連自己也騙過了，
其實也是可以的啊，是嗎？
這個問題，我反問了自己很多很多遍，
但每次，我還是會覺得，
這樣下去還是會對不起他，
對不起這一個願意為我犧牲一切的人……
然後，我忽然想起，
與其說我會對不起他，
不如說，我無法去為他承受這個罪名，
我連為他假裝下去的勇氣也欠缺……

是我自私，是我不對，
是我的自以為是、軟弱、猶豫不決，

傷害了別人，然後也傷害了自己……

但是我真的沒有辦法了。
我真的，不可以再這樣下去。

對不起。

2011 年 7 月 28 日 2:01
有時會想，如果我可以不那麼執著，
不要想那麼多，嘗試放開懷抱，
活在當下，全心全意地感受眼前的美好，
與疼我懂我的人，一起分享彼此的快樂，
其實……也是不錯的啊。

至少，還會有一起歡笑的時候，
不會那麼孤單，不會再胡思亂想，
我相信，明風一定會對我很好很好的，
為了他，我也會努力去成為他喜歡的我，
以後的我們，一定會過得很快樂很快樂……

如果我可以不那麼執著，多好，
你說是嗎？

2011 年 7 月 12 日 23:40
快要離開法國了，過兩天就要出發前往比利時。
但想不到，今天我會收到一份來自香港的包裹，
是明風寄來的……
裡面都是我喜歡吃的糖果與零食，
真的，全部都是我喜歡的味道……
他仍然記得很清楚。

我問他，有些傳統糖果已經很罕見，
是怎樣找到的？

208

We're
just
strangers
with
memories

但他就只是輕輕地笑了一下，
說碰巧在附近的超級市場找到。
我沒有揭穿他，因為我知道，
他的個性就是這樣。
不愛邀功，不會假裝偉大，
就只會用一種溫暖的方式來對你好。

但是和他通話完後，
我默默看著包裹裡的糖果，
總共有三十一顆，三十一種款式的糖果……

我還是忍不住哭了。

2011 年 7 月 1 日 23:42
到底是應該要跟一個愛自己的人在一起，
還是應該要跟一個自己愛的人在一起……

這是一個幼稚的問題，
但對我來說，這一個問題，
每天都會有不同的答案。

明風對我真的很好，
他真的很懂我，很愛我。
聽到他的聲音，我就會感到一陣安心，
即使今天有多少不如意的事，
但我知道，他一定會支持我的，
他一定會陪我走過無數風雨，
他一定會與我一起笑到最後……

從來沒有一個人，可以讓我如此確定。
唯有他，可以讓我帶著笑入睡，
唯有他，可以讓我期待下一次的通話，
唯有他，可以讓我領略心意互通的滋味……

We're
just
strangers
with
memories

如果這一刻他就在我的身邊，多好。
如果他是我最愛的那一個人，多好……

2011 年 6 月 28 日 21:52
後來，我去了你曾經去過的所有城市。
只是，就算去過更多地方，
心裡的空洞反而也變得越來越深。
然後，越是寂寞，也越是依賴，
那一份不應該延續下去的溫柔……

我才發現，原來自己是一個這麼軟弱的人。

2011 年 6 月 7 日 22:05
終於來到法國南部的尼斯了。

以前，你說最想到法國南部旅遊，
到普羅旺斯看薰衣草花田，
參觀亞維儂參觀世界文化遺產古蹟，
去梵谷住過的聖雷米朝聖，
在馬賽的博物館與劇院盡情欣賞當代藝術……

那時我說好啊，有天我們要一同前往。
但是我想，如今的你，
是已經不會再記得那時的約定。
如今，就讓我一個人繼續堅持，
這一個尚未完成的約定。

2011 年 6 月 5 日 22:00
第三十六天

最後我還是心軟了。

他問，
有時真的不明白，為什麼，始終不可以是他⋯⋯

我想回答，
因為你是最了解我的人，
也是我最重要的一個朋友，
所以無論如何，
我不會因為自己的軟弱或自私，
欺騙你，與你在一起⋯⋯

但我還是沒有勇氣說下去，
還是沒有勇氣，讓他更難過，
然後讓自己失去這一個願意疼我的人⋯⋯
你說，我是不是太自私了？
是嗎？

2011 年 6 月 1 日 21:32
已經一個月了⋯⋯
我以為，他應該會放棄了⋯⋯

我以為。

211

We're
just
strangers
with
memories

2011 年 5 月 28 日 22:30
第二十八天

幸好，終於放晴了。
他不用再在冷雨裡繼續等下去。

2011 年 5 月 24 日 21:03
第二十四天
這天仍是下雨，但他還是來了。

2011 年 5 月 21 日 23:05
第二十一天

外面下著暴雨，為什麼他依然會來……

2011 年 5 月 15 日 20:36
第十五天

但其實，我是早就已經決定不再和他聯繫，
他要來還是不來，也是與我無關。
或許他會來到公園，只是他自己的喜好或習慣，
我又有什麼權利，可以去阻止他……

但我還是有點羨慕，他可以如此一心一意地堅持下去。

2011 年 5 月 13 日 23:20
第十三天

如果我叫他不要再來，他會否聽我的勸？

2011 年 5 月 10 日 22:48
第十天

原來，他回到以前打工的便利商店工作。

下班後，他搭上渡海巴士，
我偷偷跟著他上車，幸好沒有被發現。
然後他在九龍城下車，光顧了合成糖水，
在差不多四點三十分的時候，
前往九龍寨城公園……

其實他這樣做，又是為了什麼……

2011 年 5 月 8 日 20:20
第八天

大約四點三十分，他會來到公園，
在遊樂場附近的椅子閒坐。
每次他都會戴著耳機，偶爾會帶一本書來看，
然後等到快七點了，天色開始昏暗，
他就會離開公園，前往巴士站搭車回家。

2011 年 5 月 6 日 21:32
今天黃昏，還是見到明風。
不得已，我只好選擇在午飯的時間，
帶小炭到公園散步。

213

We're
just
strangers
with
memories

2011 年 5 月 5 日 21:08
我想，他是每天都會來九龍寨城公園吧……

2011 年 5 月 3 日 21:40
差點被明風碰到了。
小炭見到他，還喵了一聲，
幸好他沒有聽見，也沒有看見我。

還以為，以後都不會與他再見，
還以為，他應該明白我是不想與他再見……

2011 年 5 月 1 日 19:45
下午六點多的時候，
我如常帶小炭去九龍寨城公園散步，
卻想不到，在公園的遊樂場裡，
看見明風一個人坐在角落的位置……
那是以前我們帶小炭去玩時，經常會坐的位子。

或許他只是碰巧路過？
但我還是立即轉身離開，不想被他發現……
真的，我不可以再擾亂他的人生，
我應該要還他一個自由。

2011 年 4 月 2 日 22:08
不用再上班，反而有點不習慣。

以前在公司裡，
身邊總是會有很多同事，一起玩鬧說笑，
時間也特別容易過去。
但如今回看，其實我也沒有真正融入其中……

We're
just
strangers
with
memories

雖然，如今是會不習慣，
我卻沒有太多不捨的感覺。
子俊偶爾會告訴我公司同事的現況，
但是我都無法像以前那樣投入其中，
彷彿，這些事情都已經完全與我無關了，
彷彿，我應該要去展開不同的人生……
只是今天他跟我說，明風他提出辭職時，
我還是會對他感到無限歉疚。

2011 年 3 月 25 日 18:02
我跟子俊說，我想辭職。

子俊也沒有說什麼，
我知道他會支持我的決定。

2011 年 3 月 23 日 23:38
你要結婚了。終於確定了。

一切，都變得不再重要了。

2011 年 2 月 18 日 22:09
你說，明年你可能會和另一半結婚。

我問你，那你原本喜歡的人呢，
是要放棄了嗎？
你回我，是時候要將這份暗戀，
變成一段回憶，
是時候要再重新出發……

我看著你的訊息，久久都不能回應。

2011 年 1 月 3 日 2:06
每一次，
當看到明風眼裡那一種強裝出來的淡然，
我都會感到一點心痛。

但是我知道，
自己不能再去對他說些什麼、
或做些什麼，
我只可以繼續保持冷淡的態度，
去盡量疏遠他、或讓他討厭我，
讓他不要再喜歡我……

子俊總是會笑我傻。
但是我不想告訴他真相。
也辛苦了他一直以來為我扮演這種角色，
還好他的女朋友不介意。

2010 年 12 月 26 日 23:20
最後，
我還是沒有送出那一個謝謝短訊。

最後，
我將手機殼放進抽屜裡，
假裝從來沒有收到過這一份禮物。

2010 年 12 月 25 日 3:20
昨天回到公司，
看見有一份禮物放在我的桌子上。

我問其他同事，是誰放下這一份禮物呢，
但是沒有人知道是誰放下的，
Travis 還說，他早上回來就已經看到這份禮物。

今天剛巧是明風輪休。
後來，我在茶水間將禮物拆開，
裡面是一個 Mickey Mouse 的最新款手機殼，
是我一直都想要的款式……
是我以前跟他提起過，想要的款式。

2010 年 12 月 16 日 5:20
沒有預期下，
在短訊裡跟你說一聲生日快樂，
又怎想到，之後會和你聊上整個小時。

直覺上，我知道，
你其實是想打探我與明風的事情，
你真正關心的人，並不是我……
就跟從前一樣。

我告訴你，最近我跟他疏遠了，
我找到了另一個喜歡的人。
雖然我看不到你的表情，
雖然你勸我，應該要好好珍惜他，
但你的文字，像是有點鬆一口氣……

像是，仍然未能心死。

217

We're
just
strangers
with
memories

2010 年 11 月 20 日 3:20
假裝冷漠，有時原來比假裝快樂還要更加困難……

2010 年 11 月 19 日 4:05
今天要見到明風了。

真的，不要再心軟了。

2010 年 11 月 12 日 23:20
明風給我準備了一個藥包，
裡面有止痛藥、退燒藥、喉糖、腸胃藥……
林林總總，讓我去日本的時候可以應急。

臨離開公司前，我將藥包留在公司的桌上。
子俊跟我說，既然是下定了決心，
就不要再想那麼多……

是的，既然要假裝，
就要好好地假裝到最後……
你說是嗎？

2010 年 11 月 1 日 1:32
子俊問，
要不要和他的女朋友一起去東京玩，
這樣也可以讓明風死心……

這樣，他真的會死心嗎？

218

We're
just
strangers
with
memories

2010 年 10 月 21 日 2:30
「今年生日你想要什麼禮物呢？」
「還有半年才是十月啊？」
「現在預先準備，就差不多了。」
「但是……」
「嗯？」
「哪有人會這樣問人想要什麼生日禮物的啊？」
「我就是那個人了。」
「哼。」
「那你想要什麼生日禮物呢？」
「我想要水晶球。」
「水晶球？是怎樣的水晶球啊？」

我沒有告訴他真正的答案。
昨天，我打開他送給我的禮物，
竟然就是我想要的那一顆水晶球……

要有多吃力，
我才能在他的面前，繼續假裝冷漠。
幸好子俊及時拉我走開，幸好……

2010 年 10 月 11 日 3:04
他越溫柔，我越內疚。
我越冷淡，他越堅持。

彷彿一場拉鋸戰，就只看哪一方，
會先對方一步提早放棄。

2010 年 9 月 22 日 22:13
真的不可以再這樣下去了……

2010 年 9 月 20 日 23:58
最後，原本準備了給他的禮物，
還是沒有送出去……

2010 年 9 月 12 日 4:06
我只希望他快樂，
他可以得到他值得的幸福。

如果這份幸福，是我始終無法給予，
我又何必重蹈覆轍，又再傷害另一個人。

We're
just
strangers
with
memories

2010 年 9 月 10 日 20:30
跟子俊談過後，他答應了我的請求，
假裝做我的男朋友。
還好公司裡沒有人知道他是我的表哥，
這個計畫才可以實行……

2010 年 9 月 2 日 5:03
昨夜，明風送我回家，
回到家門前，他忽然看著我，
然後沒有再移開雙眼。

我回看著他，那種目光，
讓我有一種似曾相識的感覺。
讓我想起，
家宏曾經也對我有過這種愛護的目光。

會令人感到一份窩心，一點心痛。

我以為，自己一直都處理得很好，
他和我就只會是永遠的好朋友。
但原來，是我錯了……

他對我的就真的只是友情嗎？
我對他的就真的只是依賴嗎？

原來在不知不覺間，
我已經讓彼此都陷得太深，無法自拔。

2010 年 8 月 30 日 4:17
你要回去了。
剛巧這天假期，我一個人去了機場，
想為你送行，又不想讓你發現……
最後，是因為機場的人太多，
還是我不小心，我竟然找不到你的蹤影……
其實我還在執迷什麼。

2010 年 8 月 11 日 2:32
我想，我永遠都會記得，
昨晚在巴士站，與明風所發生過的一切。

即使其實只是一點微不足道的小事。
但那一刻，我們的心意從來沒有如此互通過。
雖然我們只會是朋友，
雖然他還是不會知道我的苦，
只是，可以和他有過如此奇妙的一瞬間，
我真的覺得好幸運，真的，
好幸福……

如果那一刻，
可以一直延續到永遠，多好。

We're
just
strangers
with
memories

2010 年 7 月 24 日 5:56
其實，我又何必再為了你，
而讓自己變得更加卑微……
你不會喜歡我，沒關係，
只要有天我也可以不喜歡你，那就行了……

2010 年 7 月 23 日 3:26
還是找不到你。
我知道，你只是不想接聽我的電話。
在你心中，從來都不會有我的位置。

2010 年 7 月 22 日 0:07
然後這天他說，他找到你了，
還約好要明天見面……

2010 年 7 月 21 日 1:08
我問明風，他最近有找你嗎？
原來他不知道你回來了。
你竟然可以忍得住沒有告訴他，
你回來了……

222

We're
just
strangers
with
memories

2010 年 7 月 20 日 1:32
開始找不到你。
也許，你只是碰巧接不到電話。

2010 年 7 月 12 日 2:32
聽說，你回來香港過暑假。
我鼓起勇氣，打電話給你，
沒想到電話真的通了。
然後你約我出來晚飯，
一起閒聊說笑，談談你在那邊的生活，
恍如從前一樣，真好……

只是你對他仍然念念不忘，只是如此而已。

2010 年 5 月 7 日 2:05
終於，
你在臉書分享了和那個人的合照。

你們一起站在海岸前，
手牽著手，快樂地微笑著。
但不知為何，我看著照片中的你，
心裡有一種直覺，你並不是真的喜歡這一個人。

你只是想要忘記仍埋藏在心裡的某一個人。

2010 年 5 月 1 日 6:52
看見你在臉書分享，
你最近和另一個人戀愛了。

我努力去搜尋你的臉書，
想找到一點關於那個人的資料，
但沒有，我始終找不到。

那是一個怎樣的人？
你真的喜歡那一個人嗎？
你真的可以就這樣放下他嗎？
最後，我竟然為了這一個素未謀面的人而失眠……

223

We're
just
strangers
with
memories

2010 年 4 月 20 日 3:20
這兩個月來，
和明風幾乎每天都會見面。

他是一個好人，真的。
我很慶幸，自己的生命裡，
可以遇見他這一個人。

如果可以，
真希望他能夠找到他想要的幸福。

真希望和他的情誼，可以直到永遠。

2010 年 4 月 10 日 23:15
你好嗎？

漸漸我已經習慣了，
將這一句問候收在心裡，
不要勉強再按下傳送，
不要再為你帶來任何打擾。

2010 年 1 月 12 日 21:08
今天明風問我，
我們現在到底算是什麼關係。

那一刻，我逃避了。
我知道，這樣是有點自私。
只是，我真的不會再和任何人發展愛情了⋯⋯

真的，我已經很累很累。

2009 年 11 月 8 日 1:07
家裡多了一位新成員。
牠有一個怪名字：小炭。

本來還擔心牠會怕生，
但你說，對貓是要有多一點耐性，
然後你跟我分享了你以前養貓的經驗，
我拍下小炭的照片傳送給你，
你稱讚牠很可愛，要我多為牠拍點照，

224

We're
just
strangers
with
memories

再傳給你看……

很久沒有和你這樣在短訊裡聊天了。

2009 年 10 月 8 日 23:20
與家宏分開了。

是我對不起他，
但唯有如此，才會對大家都好，
才會讓他得到真正的幸福。

2009 年 9 月 1 日 0:10
明天你要回去了。

你說，如果並不是真正喜歡，
就不要勉強自己和對方在一起。

然後你說，替我好好照顧明風……

我忽然明白，他才是你真正放不下心的人。

2009 年 8 月 1 日 10:20
越是和家宏相處，越是會覺得，
其實我與他並不應該開始……
我以為，即使他並不是我最愛的人，
但只要他愛我，只要我們過得快樂，
一切還是可以迎刃而解。

但到了某些時刻，你會發現，
有些事情真的不能勉強，
無論彼此如何堅持，最後還是無法逃過這結果。

2009 年 7 月 20 日 20:20
終於等到你回來了，可以和你見面。
真好。

2009 年 6 月 15 日 21:22
原來明風搬來了九龍城，唉。

2009 年 6 月 13 日 3:13
晚上，與家宏回家時，
竟然在合成糖水看到明風……

是碰巧嗎？

We're
just
strangers
with
memories

2009 年 5 月 28 日 21:32
他說，為了將來，
他會更努力，我們一定會幸福。

我讓自己肯定地點頭，
只是心裡那點感激，卻無法對他說清楚。

2009 年 5 月 22 日 7:20
難得遇到一個對我如此溫柔的人，
我又應該這樣讓他錯過嗎……

2009 年 4 月 20 日 1:02
每次他吻我的時候，都會讓我有一種愧疚的感覺。

2009 年 3 月 14 日 22:07
一個月了。
為了這一天，家宏費了好大心機與我慶祝。

或許我是不應該再讓自己想得太多。

我應該要做的，就是好好地去做他的女朋友，
這樣才不會辜負他對我的好……

2009 年 2 月 14 日 23:48
今天，和家宏在一起了，
我成為了他的女朋友……

以前又怎會想到，會有這樣的一天，
又怎會想到，有一天我也會有一個男朋友……

我傳短訊告訴你，我有男朋友了，
雖然看不到你的臉，
只能透過文字去猜想你的反應，
但你像是有點呆住，過了一會才跟我說恭喜，
然後……

就沒有再問我其他事情了。

然後，我才發現，
自己原來做了一個無比錯誤的決定。

We're
just
strangers
with
memories

2009 年 2 月 6 日 22:06
最近，家宏都總是對我很好。

其實我已經明確地對他說，
我心裡早已有一個喜歡的對象。
但他說，他不介意等我，
就算不能成為情侶，他也願意一直陪我等我⋯⋯

你說，我應該接受他嗎？

2009 年 1 月 31 日 4:12
最近，你開始遲了回覆我的短訊。

每次可以找到你的時候，
你都會說，近來認識了很多人，
有很多事情等著你去忙⋯⋯

你終於不再是一個人了。

只是在螢幕之前一直守候的我，
還是會覺得有點難過而已。

2009 年 1 月 9 日 1:34
從來沒有一個人，
像明風那般會留意我的事情。

就連我一些小習慣與瑣碎喜好，
他都會細心地記住、嘗試去了解。

然後我會開始自責，自己又有什麼資格，
去得到他的好，

We're
just
strangers
with
memories

去貪求那一點我不應該佔有的溫柔……

即使你總是會說，我應該要對他好一點。

但越是對他好，他也會給我更多的回應，
讓我們越來越不能自拔，

對他而言，又是否真的好？
對你而言，又是否真的是你想要的結果？

2009 年 1 月 1 日 2:08
如果我和明風在一起了，你真的不會感到為難嗎？

2008 年 10 月 26 日 9:30
你總是說，我應該對明風公平一點……

於是昨天，我和明風見面了。
我知道，自己其實不應該再見他，
但如果這樣你會開心一點，
我繼續和他做朋友，又有什麼關係……

2008 年 9 月 30 日 22:22
你總是說，近來過得很好，
認識了很多新同學，
但我知道，你其實是很寂寞……

否則又怎會有那麼多時間，
和我在臉書上玩網路遊戲，
明明已經是凌晨，但還是不捨得去睡……

229

We're
just
strangers
with
memories

2008 年 9 月 1 日 2:15
你終於離開了。
這個城市，還有什麼人與事還值得我留戀？

2008 年 8 月 20 日 10:45
還有十天，

我要好好珍惜這剩餘的十天。

2008 年 8 月 9 日 10:22
考上了。

但是當我想起，之後你就不會再在這個城市，
一切都已經變得不再重要……

We're
just
strangers
with
memories

2008 年 6 月 30 日 21:49
你告訴我，九月會到美國留學四年…………

為什麼為什麼為什麼為什麼為什麼為什麼為什麼
為什麼為什麼為什麼為什麼為什麼為什麼為什麼
為什麼為什麼為什麼為什麼為什麼為什麼為什麼
為什麼為什麼為什麼為什麼為什麼為什麼為什麼

2008 年 6 月 28 日 22:58
「如果我們現在的距離，是你真的希望如此，
那我會嘗試不再找你，
去努力成全這一份最後的義氣。」

明風傳了這個訊息給我，
剛好你在我的身邊，我傳給你看，
你就只是輕輕嘆了口氣，卻沒有對我再說什麼。

2008 年 3 月 20 日 21:29
今天你忽然提起，
你跟他，原來在幼稚園的時候已經認識，
只是他已經不記得你了，
你卻記得他那時候的承諾。
我問你那是什麼承諾，
你只是搖頭笑笑，
說小時候的玩笑又豈能當真；
但若是如此，
那為何你現在仍然會記得這個玩笑⋯⋯

2008 年 2 月 14 日 1:36
差點因為一時意亂，就和他在一起了⋯⋯
幸好，你剛好打給他，
幸好，我忽然看清了自己的感情。

其實，只要可以繼續待在你的身邊，
做你最好的朋友，我已經心甘情願。

即使你不會喜歡我，
即使你最後會和他在一起，我也不會有半點怨懟。

只因為，從一開始我就知道，
我是不可能會跟你在一起，
縱使我有多喜歡你，縱使我可以為你犧牲一切……
但你喜歡的人，一定不會是我。

既然我不能夠得到想要的幸福，
那只要你能夠幸福，就已經足夠了……

就已經足夠了。

2008 年 1 月 1 日 1:28
如果我跟他在一起了，你會捨得放棄他嗎？

反正，你就只會把我當成是你的朋友。
反正我跟誰在一起，你也不會有半點在乎。

那麼，我跟他在一起，
你又是否會對我有多一點在意……

2007 年 12 月 16 日 23:21
今天是你的生日。

你卻寧願，要他陪你去買參考書，
也不要我為你慶祝。

2007 年 9 月 7 日 22:20
我問你，你喜歡他嗎？
你立即否認，說你跟他就只是同學，
然後又跟我說，他好像真的喜歡我……
但是，我認識你已經有多少年。
我知道，你只是在自欺欺人而已。

2007 年 9 月 2 日 1:58
原來，從銅鑼灣步行到灣仔碼頭，
坐船過海，再從尖沙咀碼頭走到觀塘碼頭，
需要五個小時零三十二分……

今天，你忽然打給我，
說想和我見面，還要介紹一個朋友給我認識。
我立即說好，
因為我們已經有五十六天沒有見面了……
那天，我想向你親口表達這些年來的感情，
但是你卻突然藉故離開……

然後，我興沖沖地去到約定的地點，
但你還沒到，正想打電話給你，
忽然聽到背後傳來了一首歌的聲音，
是你平時最喜歡聽的〈可惜不是你〉……

我緩緩轉過身，
看到一個短頭髮的男生，
拿著手機，有點茫然地回看著我。
半年前，我無意中在你的手機裡，
看到一張他的相片，
你的手機裡，就只有一張他的相片；
後來我打聽到，這個男生叫許明風，

在校內，他是與你最親近的同學，
我總是會想，他是不是你真正喜歡的人……

我忽然明白，你今天約我出來的真正用意。

原來，這就是你想要給我的答案。

2007 年 7 月 7 日 0:20
喜歡你，已經有六年了。
我可以成為你的另一半嗎？

即使你未必會喜歡我，不會接受我，
甚至也不會相信我的認真，
但我會對你很好很好，真的，
如果我們在一起，一定會很快樂的，
一定會得到幸福的……
可以嗎？

今天，我就要將這一份心情，
全部都讓你知道。
只望你願意聽到最後，
只望到最後，你會給我一個想要的答案……

•　•　•

「有時真的不明白，為什麼，始終不可以是我。」

林幸兒望向我，輕聲問：「『不可以是我？』」

「你可以跟其他人在一起，但無論我再如何付出、或默默堅持，我始終都不會在你的選擇範圍之內。」

「因為……」林幸兒低下頭來，又抬起臉苦笑了一下，說：「因為，你是不同的。」

「不同的？」

「你是最了解我的人，也是我最重要的一個朋友，所以……」

說到這裡，林幸兒一臉欲言又止的神情。我耐心地等她說下去，但最後她還是輕輕搖頭，只是說：「對不起。」

● ● ●

235

We're
just
strangers
with
memories

她不會跟我一起，原來並不是因為我比不上別人。

原來，她只是不想繼續欺騙我，不想到某天我發現事實的時候，會讓我更受傷害……

● ● ●

「如果是真的愛，就算有多不適合，或是有多少人反對，也是不會輕易放手吧？」

「如果是真的愛，自然會不捨得放手。」

她停下了腳步，像是若有所思地看著大海，忽然又問：「你有遇過捨不得放手的人嗎？」

「遇過啊。」我嘗試讓自己回答得平靜自然。「只是有時也會想，這會不會是自己的執迷不悟。」

「嗯，我明白，不過我想，愛情有時就是需要帶著一點執迷，人才會在灰心失意的時候，可以更加義無反顧地堅持下去呢。」

「義無反顧嗎……又也許，這只是一種習慣而已。」

「你的想法太負面了。」林幸兒向我做個鬼臉。

「那你也遇過捨不得放手的人嗎？」

236

We're
just
strangers
with
memories

她別過了臉，不讓我看到她的表情，就只是靜靜地看著遙遠的夕陽，一點一點落入大海之中。過了一會，她才輕輕地回答：

「就算再不捨得，但有些時候，答案其實早就放在你的面前……無論如何堅持或掙扎，到最後也是毫無意義的，是嗎？」

•　•　•

答案其實早就放在你的面前……對我來說，也許正是如此。

但對她來說，她又何嘗不是面對同樣的情況，甚至，比我更加絕望……

• 　• 　•

　　「剛剛是誰打電話給你呢？」

　　我搔了一下頭，如實回答：「是程曉彤。」

　　「是嗎？」

　　「當然是啊，我沒有騙你。」

　　然後，林幸兒又沒有作聲。

　　可是她這種神態，反而讓我焦急起來，我說：「怎麼了……你在想什麼呢，都可以跟我說啊。」

　　「你剛剛跟她通話的時候，你的聲音與語氣，好溫柔。」

　　「我沒有對她溫柔啊，真的，天地良心，我沒有。」

　　我對林幸兒如此重申，可是她沒有再說話。

　　一切一切，就是從那一晚那一通電話開始，徹底改變了。

237

We're
just
strangers
with
memories

　　• 　• 　•

　　曾經我以為，是我說錯了什麼、做錯了什麼，惹來她的吃醋、誤會或生氣。

　　但，或許，讓她不快樂的人，讓她清醒的人，原來並不是我。

　　　　　　　　•　　　•　　　•

　「你有想過跟我在一起嗎？」

　「我有想過。」

　「那在你的想像之中，如果我們在一起了，會是怎樣的情景？」

　「嗯，你嗎，應該還是會對我很好吧，也應該會很愛管我吧，因為你一直都缺乏安全感，我知道的。但是，我以後都會聽你的話，讓你管著我，不會再讓你為我的事情擔心，我會認真地去做你的女朋友，不會再突然消失不見，以後我們每天都會過得很快樂，我們會組織一個屬於自己的家，有你、有我，還有小炭……」

　　說到這裡，話筒傳來了她的哭聲。我的眼角也流下了淚水，但還是努力讓自己笑著說：

　「那麼，等你回來後，我們就在一起，以後都要開開心心地生活，一起白頭到老，好不好？」

　　林幸兒也笑了，努力地調整呼吸，然後肯定地回道：

　「好啊。」

　　　　　　　　•　　　•　　　•

現在回想，她在說這一番話之前，又是經歷過怎樣的心情⋯⋯

　　她其實沒有必要因為我，去想像這一切。

　　還是，其實，她曾經將這個未來，在夢裡描繪過太多太多次。

　　只是這一個願景，她不可能去實現，也不可能說給那一個人知道。

●　●　●

　　「你和曉彤認識很久了啊？」

　　「是啊，從中學一年級我們就同班。」

239

We're
just
strangers
with
memories

　　「嗯。」

　　「怎麼了？」

　　「有時真的很羨慕，你們這麼友好呢。」

　　「啊，是嗎⋯⋯其實平時都是她來找我聊天比較多，聊著聊著，好像已經變成了一種習慣，很友好嗎⋯⋯或許真的是這樣吧。」

　　「我知道她是真的對你很好。」

　　「她對你也很好啊。」

　　「是嗎⋯⋯但我們只會是朋友而已。」

　　「我和她也只是朋友呀。」

「如果⋯⋯曉彤喜歡你，你會和她在一起嗎？」

「她？她怎會喜歡我啊，哈哈哈。」

「我是說如果啊。」

「不可能的，不可能。」

「為什麼不可能？」

「程曉彤的外表雖然是一個女生，但她的內心根本就像是一個男生，像是我的兄弟⋯⋯我們又怎可能做情人啊。」

「⋯⋯真的完全不可能嗎？」

「你⋯⋯很希望我們在一起嗎？」

林幸兒只是輕輕搖頭，有點落寞地微笑了。

那時候，我始終想不明白，她為什麼會如此哀傷。

240

We're
just
strangers
with
memories

「你們真的很像呢。」她說。

「很像？」

然後她微微點了一下頭，卻沒有再說下去。

就只是一直看著對岸的觀塘碼頭，什麼都沒有再說下去。

•　•　•

「你一直都在這裡嗎？」

忽然傳來了一道聲音，我抬起頭來，看到林可兒正抱著小炭，站在我的面前。

「不，我只是來了一會。」

我勉力一笑，看看手錶，原來我已經坐在這裡三個小時。夜已深了，公園的遊客也所剩無幾。我看看小炭，已經很久沒見到牠了，牠的身形變得比以前長大了一點，一雙眼睛卻比以前更精靈動人。我伸出右手到牠的臉前，牠沒有半點反抗，就只是輕聞了我的手指一下，然後任由我撫摸牠的眉心。

「牠好像還認得你呢。」林可兒笑道。

「嗯。」

然後她將小炭交給我，我小心地抱著牠，牠看著我喵了一聲，就安然地伏在我的懷中。

過了一會，我問林可兒：「為什麼你要讓我看你姐姐的臉書？」

林可兒微微笑了一下，說：「你有時間嗎？我想帶你去一個地方。」

我不置可否，抱著小炭，默默地跟在她的身後，離開了九龍寨城公園，穿過賈炳達道，走進龍崗道，然後再穿過衙前圍道，去到街道的盡頭，來到合成糖水店。

我心裡有點驚訝，林可兒回頭看了我一眼，就笑著走進糖水店旁邊的樓梯，掏出鑰匙，打開我以前所住那幢大廈的鐵門。然後走上一樓，打開門，走進我以前曾經租過的那一間。

「你……住在這裡嗎？」

我問林可兒，再也無法平復內心的震撼。

她搖搖頭，回道：「是姊姊和小炭以前住在這裡。」

241

We're
just
strangers
with
memories

我看著以前自己所住的這個地方，離開已經八年的這一個家。

這裡的裝潢比我以前所住的時候要漂亮很多，雖然地方依舊狹窄，但是更有家的感覺。天花板吊著一盞掛滿星星飾物的燈，地上鋪了一層厚厚的地毯，走上去讓人有一種舒適的感覺；如果躺在地上仰望，就會看到天花板貼滿了螢光的小圓點，猶如一個小小的星空。

窗邊放了一張小小的圓桌子、一盞淡黃色的燈，旁邊還有一張橘色的單人沙發，令人很想安躺其中，一邊看書，一邊遙看窗外的街景，不知不覺地看得出神⋯⋯

然後我走出露台，只見外面放了一張木桌、一對木椅，有幾盆可愛的小盆栽，還有一間用紙板自製、讓小炭遊玩的貓屋。

我將小炭輕輕放在地上，牠看著貓屋，又回頭看看室內，彷彿像是想找尋主人的身影，最後還是走回我的腳前。

林可兒說：「自從媽媽五年前過世後，姊姊就搬來了這個地方。」

「她自己一個人住嗎？」

「嗯。這些年來，她都是一個人。以前我總是不明白，姊姊為什麼要租一個這麼小的房子。有一年颱風，露台的雨水倒灌進屋內，把地毯都浸濕了，那時我就建議她搬來跟我住，但她就只是搖搖頭，寧願繼續住在這個地方⋯⋯後來，她過世了，警察將她的手機交還給我，我無意中發現她的另一個臉書帳戶，

我才有點明白，為什麼她要守在這裡不願離開。」

我忍不住重重地呼吸一下，說不出話來。

過了一會，林可兒問：「你後來有看完姊姊的臉書嗎？」

「我看完了。」

「那……你可以告訴我嗎，姊姊一直想念的那一個『你』，其實是誰？」

我看著林可兒靈動的雙眼，想告訴她答案，但是在開口的那一刻，我又想起了她姊姊總是帶點憂鬱的目光。最後我搖搖頭，回道：「她是一個……很久不見的朋友。」

聽到我一個模稜兩可的答案，林可兒竟然沒有再追問。她就只是繼續看著我的雙眼，過了很久很久，才輕輕地說：「其實你不告訴我，我也知道答案。」

我不置可否，就只是讓自己微笑低頭。

她抱起了小炭，又說：「我要走了，我會留下鑰匙，如果你想繼續留在這裡，也可以。」

我輕輕點一下頭，在她快要離開之前，我問她：「這裡還會繼續租下去嗎？」

林可兒回望我一眼，說：「應該不會了。」

然後她讓小炭跟我拜拜告別，關上大門，離開了。

我坐在沙發上，再也忍不住，放聲哭了出來。

直到，淚終於乾了，時鐘走過了零時，我離開這個家，走上了天台。天台上也放了兩張左右並排的木椅，款式跟露台放

243

We're
just
strangers
with
memories

的一模一樣。我以前曾經跟林幸兒提過，偶爾失眠的時候，我會在天台上數街燈，然後等到清晨，可以在這裡觀賞到每天的第一線曙光。

她，後來是在這裡度過了多少個夜深凌晨，在這裡等到了多少遍曙光，還有失落……

我輕輕搖了搖頭，坐在左邊的椅子，拿出手機。

最後，我讓自己撥出了一通電話。

「喂。」

「喂。」

「是我啊。」我說。

「嗯，我知道。」

「很久不見了，你最近好嗎？」

「不錯，你呢？」

「嗯，也不錯。對了，我就快要結婚了。」

「咦，真的嗎？恭喜你啊。」

「謝謝你。」

「是和誰結婚呢？」

「是你不認識的人。」

「嗯嗯。我也有兩個孩子了。」

「我知道，我看到你臉書上有分享他們的照片。」

「是嗎，我還以為你沒有用臉書了。」

「很少更新，但還是會用來看朋友的近況。」

「嗯。」

然後，我們再沒有說話，只剩下沉默，一陣令人難過的沉默。

過了一會，我緩緩地說：「林幸兒過世了。」

「嗯，我知道。」

「你知道？」

「我在網上無意中看到新聞。」

「那……為什麼你不回來參加她的喪禮呢？」

「我也想回去參加，可是我走不開。」

「嗯。」我閉上了眼睛。

「你有去嗎，她的喪禮？」

「有去。」

「我想，她現在應該想見到你，多過想見到我。」

「是嗎？」

「嗯。」

「你知道，她原來還有另一個臉書帳戶嗎？」

我問程曉彤，她沒有回答。

一直沒有回答。

直到，我從手機裡，聽見了一陣啜泣聲……

最後她掛上了電話。那次之後，我們就沒有再聯繫。

以後，我們都沒有再見過對方。

We're
just
strangers
with
memories

・　・　・

　　晚上，我與簡珮兒回到家裡，和老媽吃飯。

　　飯後，老媽到廚房去洗碗，簡珮兒說要幫忙，最後還是讓老媽笑著推回到客廳。然後，她看見我正坐在沙發上對著電視機發呆，於是就坐在我的身邊，陪我看著電視裡的娛樂綜藝節目。

　　過了一會，她輕聲問：「今天發生了什麼事嗎？」

　　我呆了一下，然後對她微笑搖了搖頭。

　　但是簡珮兒沒有死心，仍是溫柔地笑著說：「傻瓜，你不用騙我，認識你已經這麼久，我從來沒有見過你這個樣子。」

　　聽到她這樣說，我有點恍神，問她：「是怎樣的樣子？」

　　「是我不熟悉的你。」

　　她輕輕地說，但是臉上依然帶著無限的溫柔，看著這一個陌生的我。

　　「你以前有試過這種情況嗎？」我努力吸一口氣，對簡珮兒說：「你認識一個人已經很多很多年，你和他一起經歷過很多很多事情，你以為，你對他這個人已經很熟悉，你清楚了解他的一切……但是到了有一天，你忽然發現，原來他還藏著你不認識的一面，原來跟你生活了很久很久的這一個人，還是會讓你有一種陌生的感覺，彷彿，他從來沒有對你交出真心，彷彿，你們其實就只是一對陌生人。」

We're
just
strangers
with
memories

簡珮兒默默想了一會，然後她這樣回答：「有啊，我有遇過這樣的人。」

　　我問她：「那是誰呢？」

　　她卻好整以暇地看著我雙眼，說：「是你。」

　　「是我？」

　　「我想，每個人都曾經遇過這樣的一個人吧，當我們認真深愛一個人的時候，又或是我們好想了解他的一切，想更加貼近對方內心、與對方同步的時候……越是深愛，越是認真地想要注視對方，就越會發現更多以前不曾看過的面貌，就越容易感到對方變得陌生，然後就會想，明明這個人以前是那麼熟悉，但現在卻變得有點難以理解呢……是因為大家經歷了不同的事情嗎？是對方希望隱藏或遺忘的一些過去與傷痛嗎？但有時我們可能又會因此而刺傷了對方，甚至會以為，對方不想再與自己同步了……」

　　「那麼，會不會有一天，你覺得我變得很陌生了，而感到不安，或是想放棄嗎？」

　　「傻瓜。」

　　「嗯？」

　　「你知道嗎，有時候，就是因為覺得無法理解對方，所以才會變得更加想要靠近去理解，也會變得更加喜歡對方……」

　　「不會覺得這樣的自己很傻嗎？」

「傻嗎？或許吧。」簡珮兒微微笑了一下，忽然雙手摟住我的頸子，繼續說下去：「但愛一個人，有時就是會這樣傻，即使明知道可能會受到傷害，但仍是會心甘情願繼續接近這一個陌生人。生活本來就是一場探險，愛一個人也是一樣，沒有人能夠保證最後一定會找到幸福，但如果總是在害怕，幸福也只會離我們越來越遠啊。」

我低下頭凝望著簡珮兒，心裡被她的這一席話完全折服了。

「謝謝你。」我說。

「為什麼要道謝啊？」簡珮兒眨眼問。

「因為你幫我想通了一些事情。」

「那……」

「嗯？」

「你現在可以告訴我，今天發生什麼事了嗎？」

我看著簡珮兒，正想開口，這時電視裡的娛樂綜藝節目主持人突然用比平時高昂的聲音，一臉認真地對觀眾說：「近年紅遍亞洲的歌星林可兒，剛剛在出席新碟發布會時，突然對現場所有人公開承認她是同性戀者的身分，並決定會跟她的另一半結婚！我們現在來看看現場的情況！」

接著畫面一轉，林可兒出現在螢幕裡，身邊圍滿了記者與工作人員。她對著麥克風，平靜地說：「嗯，我是同性戀，我有一位已經交往了一年的女朋友，我們決定，明年會在加拿大

248

We're
just
strangers
with
memories

註冊結婚……今天我公開承認同性戀以及戀情，並不完全是為了想在平權道路上帶來一點改變，而是我希望，自己能夠勇敢一點去面對自己喜歡的人、自己喜歡一個人的這一份心情，不論我是喜歡同性也好、異性也罷，不論我的身分是歌星、還是一個平凡普通的人，我都希望能夠為那一個認真喜歡另一個人的自己而勇敢站出來，不要辜負那一個認真的自己，也不要因為自己的膽怯與不安，而竟然錯過了一個最應該去留住的人。我知道，這樣公開自己的想法，可能會讓我的事業失去一些機會，甚至會帶來一點麻煩，但我只是想忠於自己、忠於我喜歡的人，也希望能夠圓了我姊姊未能完成的夢，一個想愛但不敢去愛的人的夢……」

說到這裡，她抹了一抹淚水，然後又微笑一下，抬起了臉，理直氣壯地說下去：

249

We're
just
strangers
with
memories

「我是林可兒，我會和張綺琳在一起，無論將來是順境或是逆境、富有或貧窮、健康或疾病，我們都會永遠在一起……謝謝你們。」

然後，在場的所有人都為林可兒熱烈鼓掌、打氣支持。

過了一會，我牽著簡珮兒的手，輕輕地對她說：

「我認識她啊。」

「真的嗎？」

她一臉驚訝，像是我又讓她發現了新的面貌一樣。

我搖頭微笑，跟她分享了一個故事。

一個彼此曾經相知相交，但是以後都不會再見的故事。

We're
just
strangers
with
memories

關於簡珮兒、小雪的故事，
詳見本書作者前作《曾經錯過的時間　曾經對過的你》。

We're just
strangers with
memories

後記

你有試過嗎，為了一個重要的誰，而執迷不悟。

　　明明，這個人每天都在自己身邊，明明，你們已經認識了一段很長的日子，明明，都一同經歷了很多很多事情，明明，你已經認定了他就是你最想一起走完餘生的人……但縱然如此，偶爾你還是會感到無法和他真正靠近，甚至是，你會覺得彼此就只是兩個獨立的個體，彷彿他不需要理會你的感受你的想法；自己就像是應該要去接受，對方就只是一個有其自我想法的靈魂，不會受你影響，也不會為你改變。無論你已經付出了多少、虛耗過多少時間，你的困頓煩惱不安與卑微，都無法傳達給對方知道；就算他知道了，明天他也會依然故我吧，最後，你還是會換來更多自討苦吃。

　　漸漸你學會不再要求改變他，不再奢望有人可以和自己一起思考更好的出路。你可能會退而求其次，寧願嘗試改變自己的一些想法與價值觀，盼能夠讓自己可以更一心一意地相信，

彼此還是有著繼續一起走下去的可能性；盼有天自己終於會等得到，他對你的憐惜、體諒、了解與真正交心，不再只是一對彷彿親近、但其實還是有點陌生的同伴，不再只是兩個以為已經無比熟悉、但是不會再主動見面的過客……即使有多少次，那點無奈或失望實在讓你無處可逃；有多少次，你跟自己說這是最後一次的放下底線，然後還是會有再下一次。

　　大概每一個人，都曾經有過這一段執迷不悟的時期吧。對象可能是自己喜歡的人、是一位日漸疏遠的朋友、或是一位朝夕相對的親人。你知道自己這樣執迷下去，稱不上偉大，有時也會得不到別人的理解、無法向其他人傾訴，甚至會受到一些人的厭棄；然後到了某一天，或許會連自己也不懂得如何去重新喜歡、欣賞自己，覺得再如何委屈或鬱悶也沒關係了，沒法子讓自己被愛，也沒法子去愛一個人。因為無論做得多好，彷彿還是只會離最初的理想越來越遠，最後又會反證自己所做的原來有多微不足道；既然如此，不如別再去強求太多吧，不如，不要再將自己真正的心意、感受、初衷、目標、底線等等事情都想得太清楚……反正想得再清楚，到頭來還是只會為自己帶來更多折騰吧，也沒有人願意在乎；那不如嘗試安於現狀，努力去適應這一種迷失與困倦，至少還可以讓自己不會那麼難過，還可以對其他人笑著假裝下去。即使你其實知道，再這樣下去，最後還是不會得到自己真正想要的幸福，一直累積的惶惑與疲

累，有天還是會把自己努力平衡的生活壓得支離破碎。然後偶爾你又會為此而感到自責，為什麼要讓自己如此卑微，為什麼又要提醒自己不應該如此卑微。

如果有天醒來，自己可以不再如此執迷不悟，又或是，如果可以為了一個不能實現的目標，繼續一心一意、在所不惜地勇往直前，那有多好。如果可以從來沒有那一段日子，如果沒有浪費了那些其實可以用來去做其他事情的時間，如果當時展開了不同的人生，如果……但其實，如果自己沒有經歷過那些惶惑不前、自以為是的時刻，如果自己沒有失去與錯過一些重要的人與事、沒有換來一些忘不了的傷口與遺憾，我們也是不會懂得如何反省當中的問題，到頭來，還是會在別的路途上遇到一些執迷與失望，然後在另一個迴圈中一直兜轉……是這樣吧，人總是在錯誤之中去學習如何成長，總是在受傷之後才能夠體會，原來有些傷疤是會與我們一起繼續前進，偶爾還是會讓我們誤以為自己仍然執迷不悟。

254

We're
just
strangers
with
memories

這一本書，是這幾年來寫得最吃力的一本。我知道自己應該要這樣寫下去，但在過程中，也彷彿在跟著許明風與林幸兒去重溫某一些早應該放下的執迷不悟，還有無法言喻的疲累。偶爾我會問他們，還不捨得就這樣完結嗎？還要繼續執迷下去、不可以還自己一個自由嗎？偶爾他們會說：好吧，你就不要再

寫下去了，反正這也不是一個會讓人感到快樂的故事；但每天
醒來，他們總是會推翻之前給我的答案，還是會希望我能夠將
那些年來的感受與心情，用文字記錄下來。縱使這一個故事並
不浪漫、或是能夠感動很多很多人，但如果有一個人，他正因
為一段不明朗的關係而感到迷惘、精疲力竭，如果有一天，他
偶然看到這個故事，感覺沒有那麼孤單，甚至會想通一點事情，
會找到一點可以重新開始的力氣……這樣，就已經足夠了。

　　就讓我們一起繼續加油。

We're
just
strangers
with
memories

你 是 我 最 熟 悉
的
陌 生 人

MIDDLE 作品 06

你是我最熟悉的陌生人 / Middle著. -- 初版. --
臺北市：春天出版國際, 2019.01
　　面；　公分. -- (Middle作品；6)
ISBN 978-957-741-187-7(平裝)

857.7　　　108000101

本書由香港格子盒作室gezi workstation授權出版

作　　　者	Middle
總　編　輯	莊宜勳
主　　編	鍾靈
協　　力	阿丁@ 格子盒作室（香港）
封 面 設 計	克里斯
排　　版	三石設計
出　版　者	春天出版國際文化有限公司
地　　址	台北市忠孝東路四段303號4樓之1
電　　話	02-7733-4070
傳　　眞	02-7733-4069
E － m a i l	story@bookspring.com.tw
網　　址	http://www.bookspring.com.tw
部　落　格	http://blog.pixnet.net/bookspring
郵 政 帳 號	19705538
戶　　名	春天出版國際文化有限公司
法 律 顧 問	蕭顯忠律師事務所
出　版　日　期	二〇一九年一月
	二〇二一年一月初版二十九刷
定　　價	280元
總　經　銷	楨德圖書事業有限公司
地　　址	新北市新店區中興路二段196號8樓
電　　話	02-8919-3186
傳　　眞	02-8914-5524